수상한 여중생들의
진실게임

수상한 여중생들의 진실게임
청소년 성장소설 십대들의 힐링캠프, 폭력(사이버 폭력)
[십대들의 힐링캠프®] 시리즈 NO.24

지은이 | 이선이
발행인 | 김경아

2020년 7월 17일 1판 1쇄 발행
2020년 12월 3일 1판 2쇄 발행(총 4,000부 발행)

이 책을 만든 사람들
책임 기획 | 김경아
북 디자인 | 김효정
교정 교열 | 주경숙
경영 지원 | 홍종남
표지 삽화 | 홍자혜
제목 | 구산책이름연구소

이 책을 함께 만든 사람들
종이 | 제이피씨 정동수 · 정충엽
제작 및 인쇄 | 천일문화사 유재상

펴낸곳 | 행복한나무
출판등록 | 2007년 3월 7일. 제 2007-5호
주소 | 경기도 남양주시 도농로 34, 부영e그린타운 301동 301호(다산동)
전화 | 02) 322-3856 팩스 | 02) 322-3857
홈페이지 | www.ihappytree.com
도서 문의(출판사 e-mail) | e21chope@daum.net
내용 문의(지은이 e-mail) | sun20714@naver.com
※ 이 책을 읽다가 궁금한 점이 있을 때는 지은이 e-mail을 이용해 주세요.

ⓒ 이선이, 2020
ISBN 979-11-88758-21-0
"행복한나무" 도서번호 : 122

※ [십대들의 힐링캠프®] 시리즈는 "행복한나무" 출판사의 청소년 브랜드입니다.
※ 이 책은 신저작권법에 의거해 한국 내에서 보호를 받는 저작물이므로 무단 전재 및 복제를 금합니다.

수상한 여중생들의
진실게임

| 이선이 지음 |

이 책을 미리 읽은 친구들의 이야기

나에게도 '세라'가 있다. 그러나 아직 찾아갈 용기가 나지 않는다

가장 놀라운 것은 이 책 한 권에 내가 중학교 시절에 겪은 거의 모든 사건과 고민이 담겨 있다는 것이다. 읽으면 읽을수록 작가 선생님께서 중학생에 관한 연구를 정말 오래, 깊이 하신 것 같다고 느꼈다. 나에게도 '세라'가 있다. 지금 떠올려보면 정말 좋은 친구였지만 지금은 멀어졌다. 내 친구 '세라'는 나와는 다른 고등학교에 가서 지금은 만날 일이 거의 없다. 나는 아직 경미처럼 '세라'를 찾아갈 용기는 나지 않는다. 그래도 언젠가 우연히 '세라'를 만나게 된다면 미안하다고, 너랑 다시 친하게 지내고 싶다고 이야기하기로 마음을 굳혔다. 어떤 답변을 받을지는 모르는 일이지만.

정가인 _ 남양주 판곡고등학교 1학년

'내가 나쁜 아이로 느껴지면 어떡하지?' 하는 불안감도 들더라고요

책, 진짜 재밌어요! 딱 제 또래 아이들에게 도움이 되는 것 같아요. 제 주변에 혹시 저런 아이들이 있으면 나중에 후회하지 않게 꼭 도와

주고 싶어요! 이 책을 보면서 나는 친구들한테 어떤 친구인가 궁금하기도 하고, '내가 나쁜 아이로 느껴지면 어떡하지'라는 불안감도 들었어요.

정지윤 _광주 신용중학교 2학년

언제 다 읽었는지 모르게 금세 읽었다!

이 책을 들고 앉은 순간부터 마지막까지 언제 다 읽었는지 모르게 금세 읽었다. 신기하게도 실제로 경험한 것이 아닌데도 마치 내가 경험한 것처럼 몰입이 되었다. 그리고 나도 모르게 마음이 짠해지고 눈물이 났다. 재미와 감동, 배움 세 가지를 모두 갖춘 책이었다.

양온유 _광주 신용중학교 2학년

'사이버 불링'이라는 말을 알게 되었다

이 책을 읽으면서 사이버 불링(Cyber Bullying)이라는 말이 있다는 것을 알았다. 어떤 사람을 이메일, 휴대전화, SNS 등에서 집단으로 따돌리거나 집요하게 괴롭히는 것을 말하는데, 이 책의 주인공도 이런 사이버 불링의 피해자다. 나도 주인공 입장이 되어 스마트폰 대화방에서 다른 친구의 뒷담을 하지 않았나 생각해보았다. 코로나19 때문에 이제야 개학하게 되었는데, 새로운 친구들과 학교 폭력이나 사이버 불링이 없는, 즐거운 학교생활을 기대하고 싶다.

양재욱 _광주 운리중학교 2학년

차례

★ 이 책을 미리 읽은 친구들의 이야기   004
★ 인물 관계도   008
프롤로그: **나 기세라, 사이버 폭력에 갇히다**   010

1. 체육대회, 미묘한 분위기   : 수은 : 018
2. 세상의 중심은 나   : 세라 : 023
3. 비교, 그리고 질투   : 상희 : 028
4. 내 마음속 0 순위는 동호   : 수은 : 039
5. 나도 여자이고 싶어   : 경미 : 053
6. 나는 나다   : 유희 : 066
7. 세라와 인생을 바꾸고 싶어   : 아라 : 074
8. 수상하고 은밀한 작전   : 수은 : 082
9. 우리만의 고해성사   : 경미 : 097
10. 난 이제 아웃이다   : 세라 : 112
11. 내겐 너무 어려운 여자애들   : 동호 : 127
12. 진실을 쓰라고?   : 상희 : 131
13. 우정보다는 사랑이 먼저야   : 수은 : 141
14. 그래서 국어책을 죽어책으로 바꿔놨니?   : 담임쌤 : 147

15. 괜찮지 않다 : 세라 : 164
16. 잘못된 만남 : 상희 : 190
17. 내 딸 세라 : 엄마 : 194
18. 결국 전학 간 세라 : 상희, 아라, 수은 : 204

에필로그: 세라가 떠난 후, 경미 210

세라(주인공)
왕따 피해자. 화목한 가정의 외동딸. 예쁜 외모로 어려서부터 사람들의 관심과 사랑을 받아옴. 세상의 중심은 자신이라고 생각함.

→ 호감

상희
가해자. 말끝마다 욕을 달고 살지만 일진이었단 이유로 친구들이 함부로 대하지 못함.

경미
가해자. 뚱뚱하고 못생긴 외모 때문에 초등학교 때부터 돼지라고 놀림받음. 상처받는 것이 두려워 큰 목소리와 거친 말로 무장하고 있음.

→ 싫어함

인물 관계도

동호
큰 키에 훈훈한 외모로 여학생들에게 인기가 많음. 좋은 것과 싫은 것이 분명함.
여친이 있지만, 친한 친구들에게 왕따 당하는 세라가 계속 신경쓰임.

친함 ←

짝사랑 ←

수은
가해자. 모든 친구와 두루두루 친하게 지내는 '친화력의 여왕!' 친구들 사이에서 '상담사'와 '연애박사'로 통함.

유희
반장. 똑똑하고 야무짐. 손해 보는 걸 싫어하며 주관이 뚜렷함. 아닌 건 아니라고 말할 줄 알지만 이번에는 과연?

아라
소심하고 조용하지만 마음이 따뜻함. 부모님의 불화로 울며 잠드는 날이 많아서 얼굴에 그늘이 가득함.

짝사랑 ↑

: 프롤로그 :

나 기세라, 사이버 폭력에 갇히다

나를 혼자 두고 먼저 가버린 친구들 때문에 마음이 싱숭생숭해서 학원을 째고 집으로 발걸음을 옮겼다. 핸드폰을 몇 번이나 확인했지만 단톡방에 내가 올린 글 옆의 숫자 5가 지워지지 않는다. 친구들에게 따로따로 보냈던 메시지도 읽지 않고 있다. 일이 생긴 게 틀림없다. 나를 뺀 시키려는 걸까? 악, 말도 안 된다.

'왜 하필이면 나를?'

'상희가 아니고?'

'누군가 무슨 일을 꾸미는 게 분명해.'

'누구한테 물어봐야 하지? 아라? 유희? 수은이?'

머리가 깨질 듯이 아프다. 집에 들어오자마자 침대에 몸을 던졌다.

아무 생각도 하기 싫다. 그냥 먼지가 되어서 어디론가 사라져 버리면 좋겠다. 페북에 들어가서 여기저기 둘러봤지만 특별한 소식은 없다. 학원에 있을 시간이라 그런 걸까? 카톡을 다시 보낼까 하다가 유튜브를 열었다. 하지만 평소엔 그렇게나 재밌던 유튜브도 눈에 들어오지 않아 쇼핑몰을 보고 있는데, 엄마가 방문을 열고 나를 보시더니 혀를 찬다.

"쯧쯧쯧, 학원도 빼먹고 와서 또 핸드폰이나 하고. 한심하다 한심해."

"내가 뭘! 머리 아파서 그렇단 말이야!"

"빨리 와서 저녁이나 먹어!"

"싫어!"

"밥을 왜 안 먹어?"

"잘 거야. 깨우지 마!"

"공주 공주 하니까 진짜 공주인 줄 아니? 휴~."

엄마는 방문을 쾅 닫고 나간다. 잘해줄 때는 언제고, 오늘은 또 왜 저러시나 모르겠다. 그나저나 친구들한테 언제쯤 연락이 올까? 시간이 길게만 느껴진다.

얼마쯤 잤을까? 밖이 깜깜한 걸 보니 많이 잤나 보다. '카톡 카톡' 하는 소리에 휴대폰을 집어 드는 순간 가슴이 철렁 내려앉았다. 처음 보는 카톡방에 8429라는 숫자가 떠 있다. 눈을 비비고 다시 한번 봤다. 멤버 수 57명, 확인하지 않는 톡이 8429?

'이건 뭐지?'

클릭하는 순간 온갖 욕들이 화면 위에 깔린다.

- 왜 답이 없어?
- 양심은 있나 보지?
- 진짜 어이없음.
- 나더러 어장관리라니…….
- 너도 사람이니?
- 인성 쓰레기.
- 내가 돼지야? 그럼 너는 쓰레기야~.

- 어떻게 친구들을 다 까?
- 말종인 거지.
- 우리가 인간 말종과 상종한 거 실화야?
- 악! 소오~름!

무슨 일이 벌어지고 있는 거지? 손이 부들부들 떨린다. 이 많은 애들은 또 누구지? 대화상대를 확인해보니 우리 반 애들뿐만 아니라 다른 반 애들까지 섞여 있다. 맙소사, 지금 나를 저격하고 있나 보다.

- 야, 빨리 대답해라. 기세라!
- 너는 그렇게 잘났어?
- 혼자 뒤통수치니까 재밌었니?
- 그러게, 이름 바꿔야 할 듯.
- 뒤통수!
- 맞아 맞아.

엎드려 있다가 벌떡 일어났다. 확인하지 않았던 메시지들을 쭉 읽어보니 온통 욕뿐이다. 말도 안 돼, 말도……. 내가 잘 모르는 애들까지 와서 욕을 하고 있다. 아, 이제 어떡하면 좋지? 손이 떨려 나도 모르게 핸드폰을 놓쳤다. 방바닥에 떨어진 휴대폰에서 계속 카톡음이 울린다. 핸드폰을 집어들고선 떨리는 손으로 카톡방에서 나가기 버튼을 눌렀

다. 이제 어떻게 해야 할지 모르겠다.

'어떡해, 어떡하면 좋아……. 얘네들 도대체 뭐야!'

손톱을 물어뜯고 있는 사이에 카톡 알림이 다시 울리기 시작한다. 카톡방에 또 초대되었다.

- 왜 나가?
- 부끄럽긴 한가 봐?
- 도망가는 인성 봐라.
- 사과해라. 어딜 도망가?
- 여우는 내가 아니고 기세라 너지.
- 그래, 말은 바로 하자!
- 거짓말도 재주야.
- 머리가 좋은 건가?
- 그러게, 칭찬해 줘야 하나?
- 다른 애들은 모두 오징어로 보이나 봐?
- 세상에 잘난 건 기세라 지밖에 없는 줄 아나 보지 뭐.
- 천상천하 유아독존.
- 그러게.
- 무서운 세상. 친구들을 까다니.
- 무서워서 어디 친구 사귀겠어?

글이 올라오는 속도가 얼마나 빠른지 미처 읽기도 힘들다. 무섭다. 다시 나가기 버튼을 눌렀다. 하지만 나가자마자 다시 초대되었다.

💬 너 자꾸 도망칠래?

💬 비겁함.

💬 뒤통수치는 애들이 원래 비겁하지.

💬 그건 인정.

💬 사과해라.

💬 내 욕은 안 했니?

💬 아마 했겠지요, 님.

💬 뭐 우리 학년 전체를 거의 다 깠다면서?

얘는 누군데 나한테 이런 말을 하지? 얼굴도 모르는 앤데. 내가 언제 그랬다고 이러는 거야. 내가 우리 학년에 아는 애들이 얼마나 된다고 학년 전체를 욕하겠어? 정말 말도 안 된다. 이렇게까지 할 줄은 몰랐는데……. 숨이 잘 쉬어지지 않는다. 이런 상황에서는 참는 게 답이라는 직감이 오지만 이 말만은 그냥 넘길 수 없다. 손가락이 떨려 글씨가 자꾸 틀리는 바람에 지웠다 쓰기를 반복했다.

💬 나, 너희들 전부 욕한 적 없어.

💬 힐ㅇ, 드디어 등장?

💬 낯도 두껍지.

💬 그럼 욕한 건 사실이라는 거지?

💬 그러게.

💬 또 거짓말 중?

💬 누가 믿음?

💬 지나가는 개도 웃을 듯.

💬 진짜 아니야. 나한테 이러지 마.

💬 헐~, 뭐래~

💬 대박~, 용기 쩌는데?

💬 뭘 믿고 저러심?

아, 보고 싶지 않다. 나가기 버튼을 눌러 채팅방에서 나왔다. 하지만 경미가 다시 초대했다.

💬 도망가지 마.

💬 나가면 죽어!

💬 사과 먼저 하지?

💬 맞아!

💬 사람이 사과라는 걸 알아야지.

💬 알았으면 그런 짓을 했겠어?

끊이지 않는 아이들의 초대와 비난에 세상이 빙빙 도는 것만 같았다.
"악!"
소리를 지르자 엄마가 뛰어 들어왔다.
"왜 그래?"
"몰라, 아무것도 모르겠어."
나는 베개에 얼굴을 묻었다. 눈물이 베갯잇을 적시는 게 느껴졌다. 하지만 우는 게 최선은 아니라는 걸 알고 있었다.

1
체육대회, 미묘한 분위기
: 수은 :

 기대하고 고대하던 체육대회다. 아침부터 우리 여섯은 정신없이 바빴다. 왜 바빴냐? 예쁘게 꾸미느라 바빴단 말씀. 반티가 새벽에 도착한다는 말에 유희와 나는 아침 7시부터 학교에 왔다. 경비 아저씨께 택배를 받아 5층 교실까지 옮기느라 얼마나 낑낑댔는지 모른다. 반티로 갈아입고 화장하고 있으니 상희가 들어왔다.
 "야, 유희는 반장이라 빨리 왔다 쳐도 수은이 너는 왜 이렇게 빨리 왔어?"
 "의리가 있지. 우리 유희 혼자 힘들까 봐 내가 도와주려고 빨리 왔지."
 "치~, 의리 같은 소리 한다."
 상희는 볕이 따스하게 비치는 창가에 자리를 잡더니 화장을 하기 시작했다. 알면 알수록 어려운 친구라는 생각이 든다. 어떨 때는 착한 것 같은데, 또 어떨 땐 개념 없어 보인다. 게다가 기분 내키는 대로 행동해서 주변 사람을 당황하게 만든다. 상희가 자기 멋대로 행동해도 어느 누구 하나 싫은 내색조차 하지 못한다. 그게 좀 답답하다. 아무리 친구 사이라도 아닌 건 아니라고 말해야 하지 않을까? 하지만 나도 그러지 못하고 있으니 입이 열 개라도 할 말이 없다. 오늘은 특별한 날이니만큼 유희도 화장을 하겠다고 했다. 화장을 하니 유희의 얼굴이 마술처럼 바뀌었다.

"야, 너 완전 예뻐."

"진짜?"

유희는 씽긋 웃으며 몇 번이나 거울을 들여다봤다. 그때 세라와 아라, 경미가 연달아 들어왔다.

"야! 대박! 이게 누구야?"

경미가 유희를 보고 호들갑을 떨었다.

"예쁘지? 내가 해줬어."

"예쁘긴 하네. 평소에도 화장 좀 해. 훨씬 낫잖아."

세라가 새침한 표정으로 말했다. 세라는 칭찬도 비난처럼 느껴지게 만드는 놀라운 재주를 지녔다.

"우리, 얼른 준비하고 나가서 사진 찍자!"

내 말에 아이들의 손놀림이 빨라졌다. 다른 반 아이들이 응원도구를 들고 밖으로 나가는 모습을 보니 마음이 급해졌다. 얼른 가서 좋은 자리에 앉아야 하는데.

반별로 정해진 벤치에 앉았다. 근데 상희가 일진 무리와 같이 있다.

"야, 진상희 쟤 뭐야?"

내 물음에 경미가 귀에 대고 속삭였다.

"그러게, 우리 버리고 다시 일진모임에 들어가고 싶어서 저러나 봐."

"뭐라고?"

옆에 있던 유희가 잘 안 들리는지 다시 물었다.

"야, 조용히 해. 들릴라."

다섯 명이 한 몸처럼 붙어서 경미의 이야기를 들었다.

"상희가 쟤네들하고 다시 붙으려고 하나 봐."

"쟤네들이 내쳤는데 받아준다고 했대?"

세라의 물음에,

"아니, 쟤네들은 싫다는데 실세인 미경이가 다시 받아줄 마음이 있나 봐. 그러니깐 같이 있지. 안 그럼 어떻게 끼겠어?"

경미가 퉁명스럽게 대답했다.

"뭐야, 그럼 우릴 이용한 거야 뭐야?"

유희의 목소리가 커졌다.

"나한테 함부로 했던 게 쟤네들을 믿어서였을까?"

세라가 무리 속에서 수줍게 웃고 있는 상희를 쓸쓸한 눈빛으로 바라보며 말했다.

"에이, 설마 그랬을까. 원래 상희 성격이 좀 그렇잖아."

내 말에 아이들이 고개를 끄덕였다.

"맞아."

"좀 그렇지?"

"봐, 우리랑 있을 때와 완전 다르지? 상희가 언제 우리에게 저렇게 부드럽게 웃은 적 있었어? 미경이한테 잘 보이려고 애쓴다, 애써."

"그러게, 쟤들이 뭐라고 저럴까?"

"야, 그래도 상희가 다시 쟤네하고 같은 무리가 되면 우리가 쟤네한테 쫄 이유가 없잖아. 안 그래?"

경미가 미소를 머금고 말했다. 순간 모두 경미를 째려봤다.

"뭐야?"

"그러게."

"우리가 언제 쫄았다고?"

"넌 쫄았니?"

아이들의 갑작스러운 반응에 경미가 기어들어 가는 목소리로 말했다.

"에이, 왜 그래? 농담이야 농담. 아니 근데 사실은 사실 아니야? 쟤네들이 꼽 주면 안 쫄 애들이 어딨어?"

경미의 말에 나도 모르게 발끈했다.

"말은 제대로 하자. 쫀 게 아니라 기분이 나빠서 그냥 피한 거야. 안 그래?"

"그래."

경미를 뺀 나머지 아이들이 대답했다. 경미는 조용히 운동장만 쳐다보았다.

생각할수록 화가 난다. 오늘 같은 날까지 핸드폰을 걷을 게 뭐람. 엽사를 찍는다나 어쩐다나. 찍더라도 안 올리면 될 것을 학교에서는 왜 뭐든 다 못하게 하는지 모르겠다. 반에서 한 명만 핸드폰을 쓸 수 있다니 말도 안 된다. 내 폰이 최신이라 내 걸로 사진을 찍기로 했는데 상희가 들고 가더니 일진 무리만 찍어주느라 여념이 없다.

"야, 이러다가 예쁘게 화장한 사진 한 장도 못 찍는 거 아냐?"

"그러게."

"아이, 심심해."

"사진이라도 찍고 놀면 좋을 텐데."

"야! 수은아! 가서 핸드폰 달라고 해봐."

나는 깜짝 놀랐다.

"내가? 싫어. 경미 네가 가서 달라고 해봐. 쟤네한테 무슨 눈초리를 받으려고 내가 가냐? 생각만 해도 으스스하다."

"진짜 재수 없다."

세라가 말했다.

"그러게 말이야."

약속이나 한 듯 모두 상희를 바라보며 대답했다. 상희는 환하게 웃으며 미경이와 나란히 서서 셀카를 찍고 있었다.

2
세상의 중심은 나
: 세라 :

　새 학기가 되어 반 배정을 받은 나는 그야말로 멘붕 상태였다. 친한 친구가 반에 한 명도 없었다. 작년에 친구들과 문제가 있어서 학기 말을 힘들게 보냈기에 누구보다 새 학년에 대한 기대가 컸다. 좋은 친구들 많이 만나서 즐겁게 지내고 싶었다. 그런데 친한 친구는커녕, 말을 하고 지낼 만한 친구도 없었다. 완전 맨땅에 헤딩해야 하는 상황이 벌어졌다.
　어디에 앉아야 하나 고민하다가 맨 뒷자리에 앉았는데, 누군가가 옆자리에 가방을 툭 던지며 앉았다. 상희였다. 상희가 내 옆에 앉다니 가슴이 두근거렸다. 상희는 작년까지만 해도 일진 모임에 속해있었는데, 무슨 이유에서인지 뺀 당해서 나왔다. 거기에서 나왔다고는 하지만 이유 없이 무서웠다. 하지만 일진들의 세계가 궁금하기도 했다. 그런데 상희가 내 옆자리에 앉다니! 왠지 운명 같았다.

어색한 첫날을 보내고, 이튿날부터는 같이 밥도 먹고 떡볶이도 먹었다. 한순간의 말실수로 친구들에게 투명인간 취급을 받았다며 눈물을 글썽이는 상희에게 동질감을 느꼈고, 순식간에 우리는 절친이 되었다. 그러나 가까이해서는 안 되는 사이였을까? 어느 순간부터 나에게 거친 말을 내뱉기 시작하는 상희를 견디기 힘들었다. 내가 너무 만만하게 보였나 싶어 속상했다. 자꾸만 가시로 찔러대는 상희에게 맞서기 위해 나는 가시보다 더 날카로운 무기가 필요했다.

3월 말이었던가, 외식하러 가는 길에 우연히 마주쳤던 날 이후부터였다. 같이 학교에 가는데 그날따라 상희는 무슨 말을 해도 대답을 안 했다. 계속되는 침묵이 어색하고 불편했다. 분위기를 바꿔보려 애쓰는 나에게 상희는 화를 버럭 냈다. 이해해보려 애썼지만 가슴만 아렸다.

그러고 보니 기분 나쁜 일이 한둘이 아니었다. 뺀 당해서 나온 주제에 자기가 뭐라도 되는 양 친구들을 부려먹고, 함부로 대하고, 그 큰 눈을 부라리며 윽박지르는 일까지. 근데 친구들은 상희 앞에서 언제나 꿀 먹은 벙어리였다. 두려움 때문인지, 정말 좋아서인지 가늠이 되지 않아 답답했다. 할 말은 꼭 해야 직성이 풀리는 경미조차 상희 앞에서는 무한한 인내심을 보여주었다. 속이 들여다보였다. 상희가 뭐라고. 그렇다고 나도 친구들에게 그리 떳떳한 것은 아니었다.

'상희와 같이 다니면 다른 애들이 함부로 하지 않고 무시하지도 않

겠지?'

이런 생각을 했으니깐.

그런데 어느 순간부터 나를 손톱 밑의 때만큼도 못하게 여기는 상희를 견디기 힘들었다.

나는 하얀 피부라 섀도잉을 조금만 해도 너무 튀어서 못 하는데 피부가 까만 경미는 섀도잉을 해도 어지간해서는 티가 안 났다. 경미와 나의 극과 극인 상황이 재미있어서 한마디했다.

"경미야~! 섀도잉하느라 애쓰네? 아무리 해도 티가 안 나지? 나는 너무 하고 싶은데, 피부가 너무 하얘서 섀도잉을 하면 어색하게 둥둥 떠서 못 해. 얼굴 더 작게 만들고 싶은데 섀도잉을 못 하니 얼마나 속상한지 몰라."

내가 웃으며 한 말에 상희는 버럭했다.

"아우 진짜 재수 없네. 지금 자기 피부 하얗다고 자랑하는 거야? 언제까지 우리가 이런 소릴 들어줘야 해?"

"그게 아니라 나는 하고 싶어도 못 하는 게 콤플렉스고, 경미는 해도 티가 잘 안 나는 게 콤플렉스라서 동질감 느껴져서 그런 건데, 무슨 말을 그렇게 하니?"

"동질감? 웃기는 소리 집어치워~! 시작부터 끝까지 너는 항상 자랑만 하잖아, 안 그래?"

상희가 콧방귀를 뀌며 말했다.

나는 아니라는 눈빛으로 친구들을 바라봤지만 아라, 수은, 경미, 유희 할 것 없이 모두 내 눈을 피하며 딴청을 부렸다. 정확히 그때부터였다. 우리 무리에서 상희가 빠지면 좋겠다고 생각한 것이.

친구들이 옆에서 비위 맞춰주고 예쁘다고 해주니 자기가 뭐라도 되는 것처럼 구는 꼴을 더 이상 두고 볼 수 없었다. 입에는 항상 욕을 달고 살고, 피부도 까맣고, 화장은 떡칠해서 20대처럼 꾸미고 다니는 애가 예쁘긴 뭐가 예쁘다고, 다 화장발이지. 벗겨보면 아무것도 아닌데, 나보다 나을 것이 하나도 없는 주제에 감히 친구들 앞에서 개망신을 주다니 더는 못 참는다.

어렸을 때부터 나는 예쁘다는 소리를 들었다. 마트에 가든, 옷가게에 가든, 어딜 가든 사람들의 관심과 칭찬이 뒤따랐다.

"모델을 시켜보는 건 어때요?"

"얼굴이 하얘서 빛이 나네요."

"너는 좋겠다, 이렇게 예뻐서."

늘 듣는 말들에 익숙해졌고 내 안에는 '예쁜 아이'라는 정체성이 자리를 잡았다. 예쁜 것은 편했다. 사람들은 언제나 내게 친절했고, 남자 친구들도 늘 주변을 맴돌았다.

그런데 중학교에 들어오니 상황이 많이 달라졌다. 더 이상 예쁘다고 말해주는 친구들이 없었다. 다들 자신만의 거울 속에서 스스로를 꾸미는 데 정신이 팔려 다른 사람을 볼 여력이 없어 보였다. 눈은 더 크게, 코는 더 높게, 얼굴은 더 작게 만들기 위해 종류를 헤아리기도 어려운

신상 화장품을 사는 데 열을 올렸다. 화장도 본바탕이 되어야 하는 건데 애쓰고 있는 모습이 가련하게 느껴졌다.

 예쁘다는 말을 늘 듣고 살던 내가 그 말을 못 들으니 정체성이 흔들렸다. 자존감도 떨어지기 시작했다. 즐거운 일도 없고 매사가 귀찮아졌다. 뽀얗고 하얀 피부 덕분에 화장을 안 해도 되었지만, 친구들의 세상에 섞이고 예쁘다는 말을 듣기 위해 화장을 시작했다. 하지만 이렇게 하든 저렇게 하든 친구들은 더 이상 나에게 예쁘다고 말해주지 않았다. 그 말은 모두 상희에게만 향할 뿐이었다.

 '말도 안 돼! 상희가 어디가 예쁘다고. 눈만 크면 다 예쁜가? 바보들 같으니라고. 내가 더 예쁘니까 질투하는 게 분명해. 유치하다 진짜.'

 시간이 날 때마다 상희의 흔적을 좇았다. 카톡 프사, 페메, 페이스북 상태 메시지……

 '별것도 아니면서 뭐라도 되는 것처럼 구는 모습 더는 못 보겠어. 지금까지 사람들은 늘 나만 봤는데 왜 네가 중심이 되어야 하지? 진상희, 착각하지 마. 세상의 중심은 나야. 상희 네가 아니라고.'
 나는 마음껏 숨 쉴 방법을 고민하기 시작했다.

3
비교, 그리고 질투
: 상희 :

세라는 처음부터 재수 없었다. 말투부터 그랬다. 내 말투도 딱히 예쁘진 않지만 항상 시비를 거는 듯한 말투, 남을 무시하는 말투, 계속되는 자랑질이 사람을 질리게 했다.

친구 때문에 고민하고 힘들었던 점이라든지 화장법에 관한 이야기라든지 남자친구 같은 공통된 이야깃거리가 많아서 친해지게 되었지만, 시간이 지날수록 세라와 함께하는 것이 버겁고 역겨워지던 참이었다.

"상희야!"

"왜?"

"너 남자친구가 100일에 뭐 해준대?"

"모르지, 뭘 해줄지. 근데 왜?"
"아니, 그냥 궁금해서."
"응."
"사실은……."
"응, 말해."
"나도 곧 100일이잖아. 근데 남자친구가 이것저것 해준다는 게 너무 많아서 뭘 골라야 할지 몰라서 말이야."

'아우, 또 뭐라는 거야? 지금 내 남자친구랑 비교하는 거야, 자랑하는 거야?'

"그래서 네 남친은 뭘 그리 많이 해준다는데?"
나도 모르게 말이 거칠어졌는데, 세라는 전혀 신경도 쓰지 않고 대답했다.
"향수, 화장품, 장미 100송이, 운동화, 지갑까지 다 사준대. 그래도 하나만 해달라고 해야겠지?"
100일이 다가오는데도 아무런 낌새도 없는 내 남자친구의 얼굴이 스쳐 지나갔다. 배가 아팠다. 객관적으로 봐도 키도 내가 더 크고, 몸매도 더 낫고, 얼굴도 훨씬 예쁘다. 세라는 피부만 하얗지 뜯어놓고 보면 이목구비가 그렇게 뚜렷하지 않아서 예쁜 얼굴은 아니다. 근데 남자애들은 이상하게 세라만 보면 한눈에 확 간다. 남자들 눈이 삐어도 단단히 뻔 게 틀림없다.

"아! 씨, 돈 많으면 다 사달라고 하든지."

"그래도 되겠지? 아~, 빨리 100일 됐음 좋겠다. 너도 그렇지?"

벌써 100일 파티하는 장면을 상상하기라도 하는지 눈을 지그시 감은 채 미소 짓고 있는 모습이라니 가관이다. 눈치가 없어도 저렇게까지 없을까! 섣불리 학원을 같은 곳으로 옮긴 게 잘못이다. 앵앵거리는 말투가 오늘따라 유난히 거슬린다.

학원을 마치고 나니 8시가 넘었다. 뱃속에서 꼬르륵거리는 소리가 났다.

"야, 오늘 수학쌤 열라 재수 없지 않았어? 잘난 척은 지 혼자 다해요."

학원 문을 나서자마자 세라가 내 팔짱을 끼며 말했다.

"몰라~. 배고프다. 응떡 갈래?"

매콤한 떡볶이를 먹으면 기분이 한결 좋아지겠지. 그런데 세라가 머뭇거린다.

"왜? 가기 싫어?"

"아니야, 가자."

메뉴판을 들여다보며 세라에게 물었다.

"뭐 먹을래?"

세라는 핸드폰을 들여다보며 건성으로 대답했다.

"응, 아무거나 시켜."

나는 국물 떡볶이에 어묵, 치즈, 만두, 당면 사리를 추가하고 쿨피스도 주문했다. 배가 얼마나 고팠던지 단무지도 꿀맛이다. 그럴 만도 하다. 아침은 원래 안 먹고, 점심은 제일 싫어하는 추어탕이 나오는 바람에 안 먹었다. 저녁이야 항상 밖에서 이런 식으로 해결하니 지금 먹는 것이 오늘의 첫 끼가 된 셈이다.

주문한 음식이 나오자마자 정신없이 먹고 있는데, 세라는 계속 핸드폰만 들여다보고 있다.

"안 먹고 뭐 해?"

"어, 먹을게."

"누군데? 남친?"

"응."

"너 안 먹으면 내가 다 먹는다."

"그러든지."

'그러든지'라니. 늘 저런 식이다. 머리카락이 모두 솟는 것 같았다.

"뭐야. 안 처먹을 거면 오자고 할 때 오지 말았어야지."

"아니, 너 배고픈 것 같아서 그랬지."

그제야 세라는 핸드폰을 내려놓고 젓가락을 집어 들었다.

"얼른 먹어! 나도 먹을게."

떡볶이가 매운 건지, 기분 탓인지 혀가 얼얼해 쿨피스를 한 잔 따라

마셨다. 세라는 떡볶이는 안 먹고 젓가락으로 헤집고 있다.

"너, 뭐야? 왜 그래?"

"뭘?"

"아니, 지금 남 먹고 있는데 앞에 앉아서 뭐 하는 거냐고. 입맛 떨어지게. 안 먹고 싶으면 먹지 마!"

당장 나가라고 말하고 싶었지만 참았다. 세라는 갑자기 웃으면서 미안하다는 듯이 말했다.

"사실은 나, 다이어트 시작했거든."

어이가 없다. 안 그래도 마른 몸인데 무슨 다이어트씩이나. 정말 가지가지 한다.

"다이어트는 왜?"

"요즘 나, 살찐 것 같지 않아?"

"전혀."

"아냐. 볼살도 좀 찐 것 같고, 뱃살도 좀 찐 것 같아서 관리 좀 하려고."

"야, 찌긴 뭘 쪘다고 그래? 진짜 에바다."

"아니야. 윤호가 그랬어, 좀 찐 것 같다고. 그래서 엄마한테 다이어트 약 사달라고 해서 약도 먹기 시작했어."

이런 세라가 도무지 이해가 안 된다. 게다가 그 엄마에 그 딸인 건가? 이렇게 마른 애한테 다이어트 약까지 사다 바치는 엄마라는 사람은 도대체 뭐지? 딸이 어떻게 지내는지 신경도 안 쓰는 엄마보다야 나을지도 모르겠지만.

세라가 하는 일들이 어느 순간부터 모두 다 못마땅하다. 왜 그러는지 나도 잘 모르겠다. 아니, 어쩌면 알면서도 모르는 척하고 싶은지도 모르겠다.

남자친구 도현이가 세라를 보고 예쁘다고 했던 순간부터였다. 3월의 마지막 일요일에 도현이와 영화 보러 가다가 가족들이랑 외식하러 나왔던 세라를 잠깐 만난 적이 있었다. 세라 부모님께 인사드리고 돌아서면서 친한 친구라고 소개했는데 도현이의 첫 마디가 "와! 예쁘다!"였다.

도현이의 그 얼빠진 표정이라니. 나도 모르게 도현이에게 눈을 흘겼다. 도현이가 당황하는 것이 느껴졌다.

"아니, 너보단 안 예뻐. 너만큼 예쁜 애가 어디 있다고! 화난 거 아니지?"

"……"

"네가 제일 예뻐! 알지?"

"암말 하지 마. 개 빡치니깐."

"왜 그래? 나의 0번은 항상 너야."

나를 달래려고 애쓰는 도현이의 목소리도 듣기 싫었다. 무슨 남자애가 이렇게 빌빌거리냐. 세라가 예쁘다고? 쳇, 보는 눈이 없어도 그렇게 없냐. 그리고 여친 앞에서 그런 말을 굳이 해야 해? 이렇게 눈치가 없는 애를 남친이라고 만나는 내가 더 한심하다.

근데 무엇보다 짜증 나는 건 조금 전에 만났던 세라네 가족의 풍경이었다. 듬직해 보이는 아빠와 세련되어 보이는 엄마, 그리고 아무런 걱정도 없이 그저 행복해 보이기만 하던 세라. 저렇게 온 가족이 다 함께 외식하며 다정하게 이야기를 나누어본 적이 있었던가? 기억이 안 난다. 차갑게 식은 밥을 혼자 먹어왔고, 어쩌다 한 번씩 엄마와 함께 밥을 먹긴 했지만 둘만 앉아 있는 식탁은 늘 허전했다. 그런데 저렇게 따뜻한 풍경이라니. 갑자기 마음에서 찬바람이 이는 것이 느껴졌다.

초등학교 2학년 때쯤 아빠가 집을 나갔다. 학교에 갔다가 오는데 아빠가 커다란 트렁크를 끌고 집에서 나왔다.

"아빠! 어디 가?"

"응, 출장 가."

"가지 마~."

"아니야, 아빠 금방 와. 얼른 집에 들어가."

"싫어!"

"금방 올게. 돈 많~이 벌어서 맛있는 것도 많~이 사 올 테니깐 얼른 집에 가 있어."

"싫어! 싫단 말이야."

"금방 온다니깐."

"그래도 가지 마. 아빠! 나도 갈래!"

"어허! 아빠 금방 올 거야. 엄마 말씀 잘 듣고 있어!"

"싫어. 가지 마!"

이것이 내가 기억하는 아빠의 마지막 모습이었다. 아빠는 어디로 갔을까? 왜 우리를 떠났을까? 늘 궁금했지만 아빠 이야기만 꺼내면 화를 내는 엄마 때문에 언제부터인가 아빠 얘길 꺼내지 않게 되었다. 마음속에서는 아빠에 대한 원망, 그리고 아빠에 대해 아무 말도 해주지 않는 엄마에 대한 미움이 서로 경쟁이라도 하듯이 앞다투어 자라났다. 그래서일까? 친구들이 아빠 이야기를 하면 왠지 으스대는 것처럼 느껴졌고, 나를 무시하는 것만 같았다.

식당일을 하는 엄마는 날마다 피곤해했다. 내가 학교에 가는지도 모르고 아침 늦게까지 자고 점심때가 가까워지면 출근하곤 했다. 그리고 밤 12시가 넘으면 술 냄새를 풍기며 집으로 돌아왔다. 저녁을 챙겨놓고 나간다고는 하지만 아무도 없는 집에서 텔레비전을 켜놓고 혼자 저녁을 먹을 때면 외롭고 쓸쓸했다. 언제 들어올지 모르는 엄마를 기다리며 무서워서 이불을 눈까지 덮고 울다가 잠드는 날이 많았다. 어떻게 하면 이 외로운 공간을 벗어날 수 있을까. 허전하고 아픈 마음은 커져만 갔다. 마음속에 차곡차곡 쌓인 아픔은 내 가슴을 딱딱하게 만들었다. 나를 버리고 떠난 아빠와 외로움 속에서 살도록 내버려 두고 있는 엄마에 대한 분노도 깊어졌다.

어느 일요일 아침, 늘 잠에 취해 있던 엄마가 웬일로 일찍 일어나 단장하더니 외식하러 가자고 했다. 얼마 만의 외식이며, 얼마 만에 갖는 엄마와의 데이트란 말인가! 맛있는 거 먹고, 엄마랑 시내에 가서 쇼핑할 생각에 오랜만에 설렜다. 하지만 그것은 오직 나 혼자만의 꿈이었다.

"상희야, 너 좋아하는 피자랑 스파게티 먹으러 가자!"

"앗싸! 좋아, 좋아!"

이렇게 들떠서 들어갔던 레스토랑에는 웬 촌스러운 아저씨가 우릴 보고 어색하게 손을 흔들고 있었다. 두 번 버려졌다는 생각이 들었다. 아빠가 집을 나가던 날과 그날 말없이 엄마가 남자친구를 소개했던 날.

아직 어린 딸을 혼자 밥 먹고 잠들게 하고선 아무렇지도 않게 아빠가 아닌 다른 남자를 소개하다니. 초등학교 5학년인 나로서는 이해하기 힘든 일이었다. 외롭고 쓸쓸하게 잤던 수많은 밤들을, 엄마는 이 아저씨와 함께했으리라 생각하니 배신감과 절망감이 몰려왔다. 그 후로 마음속에서 엄마를 지웠다. 엄마를 지우고 나니 나에겐 남은 사람이 없었다. 그래서 늘 고아처럼 쓸쓸했다. 친구들 속에 섞여 있는 순간은 즐거웠지만 그 아이들이 순간순간 내뱉는 가족 이야기는 내게 상처가 되었다.

강해지고 싶었다. 강하게 보여야만 했다. 혹시라도 들킬까 봐 두려웠다. 그래서 더 있어 보이고 싶었다. 엄마가 아니라도, 아빠가 없어도 충분히 혼자서 잘 살아가기 위해서 말이다. 근데 세라와 비교해보니 나는 아무것도 아닌 것 같아 기분이 땅속까지 푹 가라앉았다.

'세라는 엄마가 차려주는 따뜻한 아침상을 받으며 눈을 뜨겠지? 애교 부리면 아빠가 용돈을 두둑하게 준다고 했지? 게다가 선물로 애정 공세를 펼치는 남자친구까지. 뭐 이딴 게 다 있냐? 세상이 이렇게 불공평해도 되는 거야? 어떤 애는 태어나자마자 좋은 부모 만나서 웃고 살

고, 나는 이렇게 구질구질하게 살고…….'

가라앉은 기분 때문에 영화를 보고 싶은 마음이 싹 달아나버렸다.

"나 집에 간다. 너도 집에 가."

도현이가 당황하며 말했다.

"왜 그래? 화 안 풀렸어? 응? 미안해."

"됐어. 내일 얘기해."

"미안하다고 했잖아."

"꺼지라고!"

애꿎은 도현이에게 화를 내며 집으로 가는 버스에 훌쩍 타버렸다.

다음 날 아침, 버스 정류장에 도착한 시간은 8시 30분이었다. 버스에서 내리니 세라가 기다리고 있었다.

"왜 이렇게 늦었어? 페메는 왜 씹고?"

대답도 하기 싫고, 얼굴 보는 것도 싫었다. 내가 너무 예민하게 구는 것은 알지만 마음이 그런 것을 어떡하란 말인가. 더구나 나는 마음을 감추는 법을 알지 못했다. 아니, 어쩌면 못 배웠는지도 모른다.

대답하지 않은 채 학교를 향해 걷자니 세라가 옆에서 쭈뼛거리며 눈치를 봤다.

"아! 아침을 안 먹었더니 완전 힘없네."

"……."

"너는 아침 먹었어?"

"그딴 거 안 먹어."

"왜?"

"원래 안 먹는다고."

"배 안 고파?"

"아유, 진짜 무슨 말이 이렇게 많냐?"

대놓고 싫은 기색을 했다.

"아니, 난 그냥 너 배고플까 봐."

"배고프면 뭐! 뭐라도 사주려고?"

"먹고 싶은 거 있어?"

"아유, 씨! 누가 먹는대? 진짜 재수 없네."

"나한테 왜 그래? 화난 일 있어?"

"없어."

"……."

교문을 통과할 때까지 우리는 어색한 침묵 속에서 걸었다. 머릿속이 복잡했다. 이렇게 마음이 불편하고 싫은데 언제까지 같이 다녀야 하나, 어떤 식으로 깨끗하게 갈라설까 고민스러웠다. 내 마음을 아는지 모르는지 한참 조용하던 세라가 던진 말에 나는 그만 폭발하고 말았다.

"나, 살 좀 빠진 것 같지 않아?"

"아유! 진짜! 네가 살이 빠졌든 쪘든 관심도 없고 완전 재수 없거든!"

이 말을 폭탄처럼 던지고 교실로 먼저 뛰어와 버렸다. 갑자기 폭탄을 맞은 세라는 얼음이 되어 현관 앞에 우뚝 서 있었다.

4
내 마음속 0순위는 동호
: 수은 :

　새 학년이 된 첫날, 교실에 앉아 있는 동호를 보는 순간 나는 심장이 멎는 줄 알았다. 그렇다. 드라마에서나 봤던 장면, 드라마의 여주인공이나 느꼈을 법한 감정을 태어나서 처음으로 느꼈다. 작년에도 가끔 동호를 보긴 했지만 이렇게 잘생기고 멋있어 보이지는 않았다. 그런데 말끔하게 교복을 입고 앉아 있는 옆모습을 보는 순간 두근거리고 떨리는 마음을 주체하기 힘들었다. 운명이었다. 넋을 잃고 동호를 바라보는 내 모습을 누군가 보고 있을까 봐 얼른 시선을 돌렸지만 계속 쳐다보고 싶은 마음을 어떡하면 좋을까.
　175㎝는 족히 넘을 것 같은 큰 키에 적당한 체격, 그리고 안경을 낀 모습이 뭔가 똑똑해 보이기도 하고 분위기 있어 보이기도 했다. 잠깐

눈이 마주쳤는데 무심한 것 같은 그 표정조차 멋있게 느껴졌다.

'뭐야, 이 느낌은? 어떡하면 좋아. 왜 저렇게 멋있는 거야. 이런 게 사랑이라는 건가?'

학기 초의 어색하고 긴장되는 분위기 속에서도 교실이 유난히 따뜻하고 밝고 포근하게 느껴졌던 것은 순전히 동호가 있었기 때문이다. 친한 친구가 한 명도 없어서 절망이었는데, 이런 훈남과 함께라면 친구가 없어도 괜찮다는 생각마저 들었다.

시간이 흐르자 다섯 명이나 되는 친구들이 생겨 여섯이 똘똘 뭉쳐 다녔지만, 내 마음속 0 순위는 언제나 동호였다. 그런데 이 사실을 누구에게도 말하지 못했다. 괜히 소문이라도 나면 불편하고 어색해질 게 뻔했기 때문이다. 차라리 아무 감정 없는 척하면서 친한 친구로 지내야 가까이에서 오래 볼 수 있다.

나는 친구들 사이에서 '상담사'로 통한다. 제대로 된 연애는 해본 적이 없었지만, 친구들의 고민 상담을 많이 해주면서 연애에 대해서는 빠삭하다고 스스로 생각하고 있었다. 이런 나였기에 동호와도 자연스럽게 친구가 되었고, 다른 여자애들보다 동호와 '조금 더' 친한 친구가 되었다.

동호와 친하게 지내는 나를 보고 반 친구들은 사귀라고 놀리곤 했지만, 동호가 먼저 고백하지 않는 이상 내가 먼저 고백하는 건 자존심이 허락하지 않았다. 아이들이 놀릴 때 동호가 웃는 걸 보면 나를 좋아하는 것 같긴 하다. 근데 왜 고백하지 않을까? 고백만 먼저 해주면 흔쾌히 오케이 할 텐데, 언제든 받아줄 마음의 준비가 되어있는데 진짜 그냥 친구로만 생각하는 걸까? 아니면 설마 내가 먼저 고백하길 기다리는 걸까? 궁금하기 짝이 없었지만 물어보지 못하니 더욱더 답답했다.

그러던 어느 날 청천벽력 같은 소리가 들렸다.

"애들아! 들었어?"

경미가 큰 몸을 좌우로 흔들면서 눈을 똥그랗게 뜨고 호들갑을 떨면서 말했다. 경미를 둘러싼 우리 다섯은 경미 입만 쳐다봤다.

"뭔데?"

"빨리 말해!"

"뜸들이지 말고."

"동호, 동호!"

순간, 가슴이 철렁 내려앉았다. 여자의 직감이란 이런 걸 두고 하는 말일 거다.

"동호가 뭘?"

세라가 궁금해 죽겠다는 듯이 물었다.

"동호가 9반 현지랑 사귄대!"

"뭐?"

"대~박"

"헐!"

다들 놀랍다는 듯 대박을 외치는데 아라가 조용히 물었다.

"현지가 누군데?"

경미는 주먹을 쥔 오른손으로 고릴라처럼 가슴을 치며 말했다.

"작년 축제 때 춤추고, 3학년 선배랑도 사귀었던 애 있잖아. 몰라? 피어싱 여러 개 하고 말이야."

"아~!"

아라는 그제야 알았다는 듯 고개를 끄덕였다.

"야, 동호 보는 눈도 없다. 현지가 어디가 예쁘다고?"

"그러게, 동호가 우리 반이어서가 아니라 정말 동호가 아깝다."

친구들이 소문에 대해 돌아가면서 이러쿵저러쿵 이야기하고 있었지만 난 아무 말도 못 했다.

'현지라니, 말도 안 돼. 동호가 나를 두고? 그럴 리가 없다. 왜 하필. 아, 이거 뭐야.'

넋을 놓고 생각에 빠져 있는데 상희가 물었다.

"야! 연애 박사 수은! 얘네 둘이 어떻게 될까? 분석 좀 해봐!"

가슴이 콩닥거리고 있었지만 아무렇지 않은 척 한마디를 뱉었다.

"야! 금방 깨져!"

"올~!"

내 말에 아이들은 모두 감탄하는 듯했다.

"왜? 왜 금방 깨지는데?"

유희가 궁금하다는 듯 물었다.

"딱 보면 몰라? 현지가 그때 선배랑도 20일인가 사귀었다고 하지 않았어? 그리고 얼마 전에는 우리 학년 남자애랑 두 달인가 사귀었다고 했거든. 얘는 연애 패턴이 그렇게 길지 않아. 금방 깨져."

"올~!"

"뭐가 전문가의 스멜~."

"그러게~!"

"우리 내기할래?"

아이들이 저마다 한마디씩 했다.

"며칠이나 갈지?"

"응."

나는 아이들의 반응이 당황스러웠다.

"뭘 내기씩이나! 그게 뭐가 중요한 일이라고!"

내 말에 감정이 섞였던 것일까? 세라가 웃으며 말했다.

"근데 수은이 너 화나는 일 있어? 꼭 화난 사람처럼 말하네?"

"화나긴! 별일도 아닌데 내기까지 한다니낀 어이없어서 그렇시."

"야! 종 친다!"

나는 얼른 자리로 돌아와 앉았다. 기분이 나빴다. 세라의 말투와 눈빛, 꼭 내 마음을 들여다보는 것 같았다. 그나저나 동호 저 자식, 진짜 나쁜 놈이다. 완전히 헷갈리게 해놓고 현지랑 사귀다니. 어디 말을 하나 봐라. 아, 그러나 어쩌면 좋으랴. 그래도 좋은걸. 왜 저렇게 아무렇지 않게 자꾸 웃냔 말이다.

'뭘 봐? 콱!'

동호를 째려봤다. 동호는 왜 그러느냐는 표정으로 어깨를 으쓱해 보였다. 칫, 진짜 흥, 칫, 뿡이다. 동호와 눈싸움을 주고받고 있는데 세라와 눈이 마주쳤다. 세라는 입꼬리만 올린 채 웃고 있었다. 그 웃음이 뭔가 싸했다. 가슴이 뜨끔했다.

'아, 진짜 재수 없다. 왜 저렇게 자꾸 쳐다봐?'

아무렇지 않은 척 세라를 향해 미소를 지으며 칠판으로 고개를 돌렸다.

'기세라 쟤는 이상하게 기분 나빠.'

밤새 잠을 이루지 못했다. 눈앞에서 동호가 웃는 모습이 자꾸만 아른거렸다. 현지가 나타나서 동호와 손잡고 다정하게 걸어가는 모습이 상상되어 죽을 지경이었다.

'그냥 먼저 고백해버릴 걸 그랬나.'

'아니야, 그러다가 차이기라도 하면 얼마나 쪽팔렸겠어. 고백 안 하길 잘했지.'

'아, 동호가 나한테 고백했더라면 얼마나 좋았을까!'

마음속에서 수만 가지 상황들이 왔다 갔다 했다. 누구에게라도 털어놓으면 속이라도 시원할 텐데 털어놓을 데도 없고, 혼자 끙끙 앓고 있자니 미치기 일보 직전이었다. 괜히 음악만 크게 틀어놓은 채 밤늦게까지 있으니 엄마가 잔소리를 시작했다.

"어이구~, 공부는 안 하고 또 뭔 난리야?"

"아, 몰라! 문 닫아!"

"말하는 본새 봐라~."

"아, 진짜 짜증 난다고, 쫌!"

"무슨 일 있어?"

"엄마가 알아서 뭐 해! 문 좀 닫으라고!"

엄마는 인상을 쓰며 째려보더니 나가버렸다. 아니, 내가 이렇게 성질을 내더라도 들어와서 좀 더 자세히 물어봐 주면 어디가 덧나나. 엄마를 근처에도 못 오게 해놓고선 괜히 엄마에게 섭섭한 마음이 든다. 요즘 들어 기분이 오락가락 엉망진창이다.

학교에 가니 동호가 내 곰돌이 쿠션을 베고 자고 있었다.

'어휴, 저 화상……'

인상을 쓰며 동호를 내려다보긴 했지만, 동호가 내 물건을 편하게 쓰는 게 그리 싫진 않았다. 이건 모두 동호가 나를 편하게 생각한다는 걸 뜻하니깐. 내 물건에 동호의 흔적이 조금씩 묻어있는 것도 설렜다. 하지만 이런 내가 너무 속없게 느껴져서 화가 났다.

"야! 신동호! 내 쿠션 내놔!"

동호는 눈을 게슴츠레 치켜뜨고선,

"아, 잠깐만~."

하면서 다시 눈을 감았다.

"야! 내놓으라고~!"

꿈쩍도 하지 않았다. 동호의 얼굴 밑에 깔린 쿠션을 힘껏 잡아당겼다.

"쿵!"

"얏! 박수은!"

"뭐! 뭐!"

"잠깐만 쓴다는데 왜 뺏고 그래?"

"뭔가 착각하는 모양인데, 이거 내 꺼거든?"

"아이고, 그러세요? 친구가 좀 달라는데 그것도 못 주냐?"

동호가 다시 쿠션을 뺏으려 했다.

"못 줘! 안 줄 거야."

"아, 좀 달라고~."

"됐다고! 뭐가 예쁘다고 쿠션을 빌려줘? 싫어!"

"야!"

"뭐!"

둘이 쿠션을 가지고 실랑이를 벌이고 있으니 언제 왔는지 세라가 가까이 와서 한마디했다.

"야, 너네 둘 뭐야?"

나와 동호가 동시에 물었다.

"뭐가?"

"꼭 사랑싸움하는 것 같잖아. 부부싸움 하니?"

세라 얘는 항상 이렇게 비꼬듯이 말한다.

"얘가 아침부터 뭔 헛소리래?"

나는 쿠션을 들고 교실 뒤쪽으로 와버렸다. 얼굴이 뜨겁다. 빨갛게 표시가 나지는 않는지 걱정되어 머리를 만지는 척하며 거울을 보고 있으니 세라가 또 다가왔다.

"야, 박수은!"

"응?"

"너 말이야."

"응."

"너, 혹시 신동호 좋아해?"

"얘가 진짜 아침부터 뭐래. 아니거든! 아니라고!"

"그래?"

"그래!"

갑자기 빨라지는 심장박동 소리를 들킬까 봐 두려웠다. 동호를 좋아하는 게 아니라고 말하면서도 마음 저 깊은 곳에서는 당당하게 좋아한다고 말하고 싶었다. 하지만 내겐 그럴만한 용기가 없다.

"왜 갑자기 이상한 소릴 하고 그래?"

세라는 피식 웃더니 말했다.

"아니, 나는 꼭 너랑 동호가 서로 좋아하는 것 같아서. 솔직히 말하면 네가 더 좋아하는 것 같은 필이 팍 와서 말이야."

"말도 안 돼. 동호는 여친도 있잖아. 여친까지 있는 애를 내가 왜 좋아하니?"

"그럼 여친 없으면 좋아할 거야? 없을 땐 좋아했어?"

"아니야, 아니라니깐 너야말로 왜 이래? 혹시 네가 동호 좋아하는 거 아냐?"

"응, 맞아."

순간 할 말을 잃었다. 뭐야, 이 상황은. 세라가 동호를 좋아한다니. 놀란 마음을 겨우 추스르고 물었다.

"뭐? 대~박! 야! 너 미쳤어? 네 남친은?"

"남친? 남친은 별로야. 그냥 외로우니까 만나는 거고. 나는 동호가 더 좋아. 근데 동호가 나한테는 틈을 안 주네. 그래서 어쩔 수 없이 지금 남친 만나는 거지. 근데 네가 동호 안 좋아하면 내가 동호 찜해 놓았으니까 혹시 동호 여친이랑 깨져도 건드리기 없다, 알았지?"

정말 웃기는 애다. 자기가 찜해 놓으면 뭐든 자기 것이 된다는 말인가? 그리고 내가 건드리든 말든 무슨 상관인데 저렇게 말하는 거지? 열라 짬뽕 왕재수다.

"뭔 소리래, 내가 왜 건드려?"

"암튼 그렇게 알라고. 동호는 내 거라고."

"너도 대박이다. 네 남친한테 이 사실을 좀 알려야겠는걸?"

"그건 안 되지. 내 남친은 내가 알아서 할 거고."

세라와 이야기하다 보니 내 머릿속은 고장 난 신호등처럼 하얘졌다, 빨개졌다 정신이 없었다. 남자친구도 있으면서 동호까지 자기 거라고 우기는 저 돼지 같은 심보는 뭘까? 남친이 알면 얼마나 큰 배신감을 느낄지 알고서 저러는 걸까? 정말 맘에 안 든다. 게다가 내 마음을 간파하고 있으면서 동호와 더 친하게 지내지 못하도록 방어막을 쳐버리는 것 같아 마음이 영 찝찝하다. 차라리 동호를 좋아한다고 말해버릴 걸 그랬나 싶다. 하지만 아무리 생각해도 그건 너무 쪽팔린다. 나도 자존심이라는 게 있는데 여친까지 생긴 마당에 내가 좋아한다고 하면 애들이 나를 얼마나 불쌍하게 생각하고 우습게 보겠어! 그나저나 세라는 왜 저렇게 항상 당당하고 부끄러운 것도 없는지, 부럽기도 하고 이상하기도 하고, 도무지 알 수 없는 아이다.

그날 밤, 이불을 가슴께까지 덮고 잠을 청하려는 순간 페메 알림이 왔다.
'아이, 자려고 하는데 누구야.'
핸드폰을 열어서 보니 세라였다.

💬 순순~, 자?

낮의 일이 떠올라서 다시 기분이 나빠졌다. 이 밤에 갑자기 웬 페메? 답도 안 하고 싶었지만 괜히 삐진 거 티 내면 진짜로 동호를 좋아한다고 소문낼까 봐 어쩔 수 없이 답했다.

💬 어, 자려고.
💬 에이~, 벌써?
💬 졸려. 야! 1시다. 낼 지각 안 하려면 너도 얼른 자.
💬 난 심란해서 잠이 안 오는데.

💬 또 심란하긴 왜?

💬 히힛! 상담가 모드로 변환된 거야?

💬 에휴, 말해 봐.

💬 아니, 진상희 말이야. 진짜 이상하지 않아? 왜 자꾸 나한테 시비 털지?

💬 그건 쫌 그래.

💬 그치? 내가 예민하게 구는 거 아니지?

💬 응, 네가 말할 때 좀 오버해서 말하는 것 같긴 하더라고.

💬 완전 왕싸가지 아냐?

💬 쫌 싸가지긴 하지.

💬 근데 왜 너넨 내 편 안 들어줘? 아무 말도 안 하고 진짜 속상해.

💬 아무리 친구라도 상희 걔가 좀 세잖아. 그러니 대놓고 말하기가 좀 그렇지.

💬 피~, 너무했어.

💬 그래서 속상해쪄요?

💬 응, 완전 재수 없어. 친구 없어서 놀아주니깐 완전 나를 물로 보고 막 대하잖아.

💬 그니깐 그건 진짜 못된 거야.

💬 그치 그치? 휴, 난 세상에 나 혼자 던져진 것 같아서 진짜 슬펐어.

💬 그랬구나. 그래도 우리가 있잖아.

💬 야, 니네가 아무 말도 안 해주는데 내가 어떻게 알아? 평소에 그런 일 보면 제일 먼저 화내고 따지고 그럴 만한 경미도 얌전히 있는데.

💬 ㅋㅋㅋㅋㅋ

💬 경미 걔도 진짜 의외로 소심해.

- 뭐가?
- 다른 애들이 조금이라도 거슬리게 행동하면 가만있지 않으면서, 등치도 돼지같이 큰 게 상희가 뭐가 무섭다고 그렇게 빌빌거리는지 말이야.
- ㅋㅋㅋㅋㅋ
- 맞잖아. 돼지, 목소리만 큰 돼지. 근데 정작 말해야 할 땐 꿀 먹은 벙어리가 되는 돼지. 난 걔가 상희한테 소리 지르는 거 한 번만 보면 언니로 떠받들어 모시겠다.
- 왜 그래, 갑자기?
- 아니, 생각하다 보니 갑자기 열 받아서 그렇지.
- 뭐가?
- 내가 너네한테 조금만 말실수해도 경미 걔가 얼마나 야단이니? 근데 상희한테는 꼼짝도 못 하니깐.
- 맞아, 너무 그러니깐 보기에 좀 안쓰럽긴 하더라. 어울리지도 않고.
- 그치 그치?
- 그냥 그런가 보다 하고 이해해 줘. 친구잖아.
- 친구라니! 친구 맞아?
- 친구 아냐?
- 모르겠다. 누가 진짜 친구인지. 어쨌거나 우릴 물로 보는 상희는 친구가 아닌 것이 확실해. 안 그래?
- 어? 어…….
- 뭐야? 아니야?

- 어, 맞아. 그런 애가 무슨 친구야. 아이쿠, 지각하면 또 벌 청소하는데 얼른 자자.
- 어, 그래. 얘기 들어줘서 땡큐~.
- 응, 내일 학교에서 얘기해.
- 오늘 이야기는 비밀로 해줘. 잘 자~.
- 응, 당연히 이런 이야기는 비밀이지. 너도 잘 자~.

메시지 주고받기를 마치고도 한참이나 대화를 다시 읽었다. 세라는 지금 상희한테 단단히 화가 난 것 같다. 경미도 못마땅한 것 같고. 근데 나한테 왜 이런 이야기를 한 거지? 단순히 답답해서 그랬을까? 아무리 내가 편하다고 해도 이렇게 대놓고 상희랑 경미를 까면 안 되는데, 나를 어떻게 생각했기에 이러는 거지? 아, 마음이 복잡하다. 기세라 얘가 원하는 게 뭘까? 설마 상희와 경미를? 에이, 그럴 리 없다. 세라 걔가 무슨 힘이 있다고, 말도 안 돼.

잠을 자려고 누웠지만 쉽게 잠이 오지 않았다. 생각할수록 찝찝하다. 우리 둘의 대화를 다른 누군가가 엿본 것 같은 느낌에 등이 서늘해진다.

'에이, 몰라. 설마 자기가 한 얘기를 다른 애들한테 먼저 하겠어?'

그나저나 현지와 동호가 깨져도 문제, 안 깨져도 문제다. 내 사랑의 끝은 어디일까?

5
나도 여자이고 싶어
: 경미 :

    동호가 현지와 사귄다는 소식을 전해준 사람은 1학년 때 절친이었던 민서였다. 나아 동호는 1학년 때 같은 반이있다. 하지만 그다지 진하지는 않았다. 동호가 나를 소 닭 보듯이 했고 나도 그런 동호에게 툭툭거리며 대했기 때문에 반 친구들은 모두 우리 둘이 원수 사이라고 알 정도였다.
    하지만 내 속마음은 그게 아니었다. 그냥 좋았다, 동호의 모든 것이. 부드러운 것 같으면서도 남자답고, 챙길 것은 또 챙겨줄 줄 아는 모습이 멋있었다. 친하게 지낸다면, 아니 그 이상으로 가까워진다면 좋겠다고 생각했다. 하지만 동호는 단 한 순간도 틈을 주지 않았다. 틈을 안 준 정도가 아니다. 다른 모든 여자애들보다 유독 나를 싫어하고 미워

하기까지 하는 것 같았다. 별일도 아닌데 화도 더 심하게 내고, 심지어 다른 여자애들한테는 잘 안 하는 욕까지 할 때도 있었다. 물론 내가 먼저 욕을 하긴 했지만……. 동호가 그럴수록 내 자존심은 무너져 갔다.

나도 동호에게 여자이고 싶었다. 예뻐지고 싶었다. '예뻤다면 얼마나 좋았을까' 하는 생각을 하루에 천 번도 넘게 했다. 하지만 거울 속에서 마주한 내 얼굴은 절망 그 자체였다. 아무리 봐도 하나님이 만들다가 잠깐 졸았나 싶을 만큼 막 만들었다는 느낌이 들었다. 가늘게 째진 눈에 두꺼운 입술, 낮은 코, 동그랗고 빵빵한 얼굴, 게다가 비정상적으로 큰 귀. 아무리 예쁘게 보려 해도 거울 속에서는 언제나 외계인 같은 얼굴이 나를 바라보고 있을 뿐이었다.

그래서인지 나는 어렸을 때부터 친구가 별로 없었다. 못생겼다고 놀림 받기 일쑤였고, 가까이 오기 싫다고 하거나 짝꿍도 하기 싫다고 짝을 바꿔 달라는 아이들도 여럿 있었다. 그럴 때마다 속에선 부글부글 용암이 끓었다. 그때부터였는지도 모른다. 사랑받지 못할 바에는 세 보이고 싶었던 것이.

세야만 한다고 생각했다. 그래야 아무도 나를 놀리지 않을 거라고 본능적으로 느꼈는지도 모른다. 아이들이 한마디를 하면 열 마디로 돌려줬고, 한번 놀림을 당하면 그 아이가 질려서 도망갈 때까지 욕까지 보태서 갚아줘야만 직성이 풀렸다. 언제부턴가 말투도 바꾸기 시작했다. 부드럽게 말하면 아이들이 내 말을 듣는 척도 하지 않았기에 내 목소리는 날이 갈수록 커졌고, 말투는 거칠어졌다.

결과는 성공이었다. 함께 밥 먹을 친구도 없었던 내 주위에 어느 순간부터 친구들이 하나둘 생기기 시작했다. 남자애들과도 허물없이 지내게 되었다. 무엇이 친구들을 내 곁으로 이끌었는지는 모르겠다. 다만 내가 여기에 있다고 나도 좀 봐 달라고 끊임없이 큰 목소리를 냈을 뿐이다.

친구들이 생기면서부터 자신감이 생겨 학교생활이 즐거워졌다. 중학교에 들어와서는 더 행복했다. 마음에 맞는 친구들도 많이 만나고, 동호도 만나게 되었기 때문이다. 이성으로 누군가가 좋았던 적은 없었는데 동호는 내 거친 겉모습 안에도 부드러운 여자가 있음을 알게 해주었다. 하지만 그 누구에게도 꺼내 보이진 못했다. 친구들이 알고 있는 나는 남자를 싫어하고 강한 아이, 남자보다 훨씬 센 아이였기 때문이다.

학교에 쌩얼로 왔던 날, 동호가 했던 말은 아직도 내 가슴에 박혀서 떠나질 않는다.

"야! 민폐다, 민폐. 아~, 점심 못 먹겠다."

농담이 아닌 진담 같아서 마음이 아팠다. 나도 여자인데 이런 말을 들을 때 심정이 어땠겠나. 공들여 쌓아둔 자존감이 와르르 무너지는 소리가 들렸다. 유독 나에게만 이토록 거친 말을 내뱉는 동호가 원망스러워 나는 더 거친 말로 응했다.

"아, 재수 없는 새끼. 너는 얼마나 잘났다고 그래? 나는 네 얼굴 보니깐 아침 먹은 거 토하기 일보직전이거든!"

동호가 나를 왜 이렇게 싫어하는지 모르니 답답하기만 했다. 그렇다고 창피하게,

"너, 나를 왜 그렇게 싫어하니?"

라고 물어볼 수도 없었다. 그렇게 물으면 내가 동호를 좋아한다는 말로 들릴까 봐, 자존심 때문에.

아침에 늦잠 자는 바람에 또 쌩얼로 교실에 들어서는 순간 동호와 눈이 마주쳤다. 아, 저 눈빛이 조금만 더 따뜻하다면 얼마나 행복할까. 마음속으로는 이렇게 생각하면서도 동호의 눈빛에서 내게 시비를 걸려는 낌새가 보여 내가 먼저 강한 눈빛으로 째려봤다. 동호는 내게 무슨 말인가 하려다가 내 눈빛에 움찔하며 창밖으로 고개를 돌렸다.

"아우, 나 엄마가 오늘 아침에도 안 깨워서 또 화장 못 하고 왔어."

먼저 와 있던 세라에게 말을 건네자 창가에 몰려있던 남자애들 속에서 재현이가 말했다.

"호박에 줄 긋는다고 수박 되냐?"

재현이의 말에 남자아이들이 키득거렸다.

"야! 오재현! 너 죽을래?"

내가 주먹을 들어 보이자 재현이가 남자애들 뒤로 숨는다.

"그래, 너네 너무 하는 거 아냐?"

옆에 있던 세라가 거들었다.

"야, 세라 너보고 하는 말 아니야. 경미한테 한 말이지."

깐죽거리기 대장인 경수가 안 해도 될 말을 한다. 저 얍삽한 놈은 낄 데 안 낄 데 구분도 못 한다.

"야! 박경수 너 죽었어!"

"아이코~, 무서워라~. 도망가야겠네! 킹콩처럼 무거워서 쫓아올 수나 있을지 모르겠지만~!"

경수는 끝까지 놀리며 교탁 앞으로 도망가려다 가방끈에 발이 걸려 넘어지려다 책상을 붙들고 책상과 함께 뒹굴었다.

"쿵!"

"앗!"

아이들이 까르륵 웃었다. 화가 머리끝까지 치솟아 이를 악물고 쫓아가던 나도 갑자기 웃음이 터져 멈췄다.

"시원하다! 아주 꼴좋다~! 다리라도 부러졌으면 속이 더 시원할 텐데. 안 부러졌냐?"

"아우! 야! 너는 무슨 말을 그렇게 하냐?"

"누가 먼저 시작했는데 이러셔?"

내가 성큼성큼 경수를 향해 다가가자 경수는 옷을 털더니 다시 일어나 말했다.

"에잇! 나는 킹콩이 무서워서 피하는 게 아니야! 그냥 싫어할 뿐이야!"

아이들이 킥킥거렸다. 청소함 근처에 있던 남자애 중 누군가가 물었다.

"야! 경미가 킹콩이면 너는 뭐야? 쥐새끼냐?"
"푸하하! 그러면 킹콩의 한 발에 바로 사망 아냐?"
"그러게."
"얼른 도망가는 게 좋겠는데?"

아이들이 장난치는 사이에 나는 경수에게 살금살금 다가갔다. 하지만 경수는 정말 쥐새끼처럼 재빠르게 앞문으로 뛰어나가 버렸다.

이런 놀림 정도는 익숙해질 법도 한데, 당할 때마다 마음이 흔들린다. 자기는 날씬하면서 딸은 이 모양 이 꼴로 낳은 엄마가 원망스럽기 짝이 없다. 누군 이렇게 태어나고 싶어서 이렇게 태어났냐고요.

얼굴이 꺼지도록 쿠션을 세게 두드리며 화장하고 있자니 세라가 옆에서 말을 건넸다.

"경미야!"
"응?"
"제일 좋은 성형이 뭔지 알아?"
"뭐? 성형?"
"응."
"갑자기 무슨 성형?"
"너 예전에 성형하고 싶다고 했잖아."
"아, 다음에 크면 한다는 거지. 근데 제일 좋은 성형이 뭔데?"
"다이어트래."
"다이어트?"

"응, 아무리 성형을 해도 살을 빼지 않으면 예뻐 보이지 않는 거지. 너도 성형하기 전에 다이어트를 먼저 해. 그게 낫지 않겠어?"

'안 그래도 열 받아 죽겠는데 얘는 또 무슨 소리를 지껄이는 거야?'

"야, 나더러 다이어트하라고? 우이~ 씨!"

세라는 웃으면서 내 어깨를 두드리며 말했다.

"화내지 말고. 사실 나 다이어트 다시 시작했거든. 알지?"

"뭐?"

황당해서 세라를 올려다봤다. 내 몸무게 절반밖에 안 나갈 것 같은데 다이어트라니 미쳐도 단단히 미쳤구나 싶다. 아무튼 있는 애들이 더 한다니깐.

"네가 다이어트를 한다고?"

"응, 뱃살도 있고 얼굴선도 더 잘 드러나게 하려면 한 3킬로는 더 빼야 할 것 같아서."

"어우! 재수 없어. 야! 어지간히 해!"

"내가 뭘. 너도 잘 생각해 봐. 다이어트를 먼저 해서 살을 쫙 빼놔야 대학 가서 성형하지."

"휴, 너나 열심히 하세요! 나는 먹고 싶은 거 못 먹으면 병나는 사람이니깐."

"그러니깐 갈수록 살찌고, 남자애들이 계속 놀리는 거야."

들을수록 점점 기분이 나빠졌다. 얘는 도대체 친구인가 적인가. 분명히 조언이라고 하는 말일 덴데 욕을 먹고 있는 느낌은 뭐지?

"놀리면 내가 처죽이면 되니깐 걱정하지 말라고, 응? 세라야, 너나 다이어트 열심히 해."

내가 얼굴을 구기니 세라가 두 손을 흔들면서 다시 말했다.

"아니, 그런 뜻이 아냐. 기분 나빴어? 미안해. 난 진짜로 네가 더 예뻐지길 바라는 마음에 그런 거야."

"그래, 알겠어. 그러니까 그만하자고."

진짜 웃기지도 않는다. 내가 더 예뻐지길 바란다고? 그럼, 자기는 이미 완벽하게 예쁘다는 소리인가? 아주 콧대가 하늘을 찌르네, 찔러. 이런 애를 계속 친구라고 생각해야 하나? 파우치 지퍼를 닫아서 가방에 넣고 화장실에 가는 척하며 교실에서 나와버렸다. 외모만 보고 평가하는 건 남자나 여자나 다 똑같다. 날씬하고 예쁘다고 은근히 뻐기는 세라의 저 태도! 정말 맘에 안 든다.

'다이어트 같은 소리 하고 있네. 살이나 한 30킬로그램쯤 확 쪄버려라!'

속으로 악담을 퍼부었다. 이후로도 세라의 눈치 없는 행동은 계속되었다. 계속 같이 다녀야 하나 고민이 될 정도로 말이다. 나만 이런 생각을 한 건 아니다. 친구들이 모두 같은 생각이었다. 하지만 이미 친구인데 어쩌겠어. 올 일 년은 어떻게든 잘 지내봐야지, 뭐.

체육대회 다음 날인 토요일, 핸드폰으로 유튜브를 보며 뒹굴고 있는데 페메로 웬 사진이 왔다. 세라가 보냈다. 사진을 확대해서 보니 남자애였다.

💬 뭐임?

세라는 답은 안 하고 웃는 표시만 보냈다.

💬 ^^
💬 뭐냐고! 빨리 답해. 답답해 죽어.
💬 누굴까~용?
💬 모르니깐 말해줘.

답답해 죽을 것 같았다. 누구지?

💬 누구냐고!

세라는 나를 약 올리기라도 하듯 엉뚱한 답만 했다.

💬 얘 잘생겼어, 못생겼어?

나는 조급한 마음을 가라앉히고 사진을 찬찬히 들여다봤다.

💬 되게 못생겼네. 키도 작은 것 같고.

💬 그치 그치?

💬 누군데?

💬 얘가 말이야.

💬 휴……, 응.

💬 상희 남친.

💬 뭐? 대~박! 이 사진 어디서 구한 거야?

💬 음, 사실 저번에 상희 남친 본 적 있거든. 근데 상희가 자기 남친이 키도 크고 아이돌 같다고 해서 그 사이에 걔랑 깨지고 다른 애 만나는 줄 알았잖아. 근데 아니었어. 내가 다 알고 있는데 대놓고 뻥을 치다니 상희 걔도 정말 얼굴 두껍지 않아? 아이돌 중에 이렇게 키 작고 못생긴 아이돌이 있냐? 안 그래?

💬 어? 그러게. 진짜 어이없음, 어이 상실.

내가 보기에도 이 사진 속 남자애는 아이돌의 '아'에도 해당하지 않게 생겼다. 근데 상희는 왜 그랬을까?
'뭐지? 이 상황은?'
생각하고 있는 사이에 세라는 계속해서 메시지를 보냈다.

💬 이런 애를 남친으로 두고 거짓말하다니 너무 뻔뻔해. 그치? 인간적으로 내 남친이 훨씬 낫다. 안 그래?

💬 어…, 그러게. 진짜 상희 얘 뻥쟁이다. 완전 왕재수네.

💬 그치? 게다가 나한테 하는 건 어떻고. 나더러 못생겼다고 하질 않나 꺼지라고 하질 않나. 너무 하는 거 아냐?

세라는 신이 났는지 계속 메시지를 보냈다.

💬 맞아, 상희 걔가 좀 싸가지가 없긴 해. 말을 안 해서 그렇지.

문득 상희의 눈빛과 말투가 생각났다. 나를 위아래로 훑어보며 어지간하면 살 좀 빼라고 했던 그 순간 얼마나 화가 나던지 소리지를 뻔했다. 하지만 똘끼 충만한 상희가 언제 어떤 식으로 폭발할지 몰라 화도 못 냈다. 아우, 유경미 성질 많이 죽었다.

💬 어쨌거나 이런 남친을 사귀다니 상히 눈이 삐어도 한참 삐었나 보다.

내 말에,

💬 내 말이! 나, 이 사진 보고 진짜 기절할 뻔. 킥킥킥.

세라는 신나게 답했다.

💬 경미야! 상희한테는 비밀이야, 이 사진.

💬 당근이지. 근데 너 이 사진 어디서 난 건데?

💬 음, 다 방법이 있지. 깊이 알면 다쳐!

💬 쳇, 알았당. 너나 조심하셩. 상희가 알면 가만있지 않을 텐데.

💬 왜?

💬 생각해 봐. 자기 남친 열라 멋지다고 소문 다 내놨는데 실체가 밝혀졌으니 얼마나 쪽팔리겠냐?

💬 그러겠네. 내가 예전에 본 적도 있으니 소문나면 내가 그랬다고 하겠지? 조심해야겠다. 역시 넌 머리가 잘 돌아가. 오케이, 우리 둘만의 비밀로 하자.

💬 오케이, 낼 봐.

💬 ㅇㅇ

세라와 톡을 마치자마자 세라가 보내준 사진을 다운받아서 유희와 수은, 아라에게 페메로 보냈다. 누구 사진인지 알아맞히라는 말에 아무도 못 알아맞혔다. 당연하지, 알아맞히는 게 이상한 일이다. 애들도 나처럼 모두 놀랐다. 완전 빅뉴스다. 대박! 이 사진을 온 학교에 뿌리고 싶다. '진상희 남친'이라고, 아이돌 닮았다던 '그' 남친이라고 말이다. 그러면 상희 표정이 어떻게 될까? 잘난 척하는 기세가 좀 꺾일까? 궁금하다.

그나저나 세라와 신나게 상희 남친 흉을 보고 나니 속이 시원하면서도 한편으론 뭔가 꺼림칙했다. 설마 세라가 우리 대화를 상희한테 보여주진 않겠지?

작년엔 반에서 큰 목소리로 몇 마디만 하면 아이들이 다 찌그러졌는데 이젠 상희가 있어서 그러지 못한다. 상희 걔도 그렇다. 자기는 기분 내키는 대로 소리지르고 애들한테 함부로 하면서 내가 어쩌다 큰소리라도 한 번 내면 못마땅하게 쳐다본다. 자기가 우리 반 짱이라도 되는 것처럼 말이다. 그러다 보니 나도 모르게 자꾸 눈치를 보게 된다. 자존심도 없이 말이다. 아우! 기분 나빠! 그냥 상희와 한 판 붙어버릴까 보다.

상희와 일대일로 붙는다면 당연히 이길 자신은 있다. 하지만 상희가 워낙 기가 세다 보니 기싸움에서 진이 빠질 것 같다. 그냥 조용히 참고 지내는 게 낫다. 사실 상희가 성질이 더러워서 그렇지 속마음까지 나쁘고 그런 애 같지는 않다. 잘은 모르겠지만 일진이었던 애치고는 의외로 순진하고 착한 면도 많아 보인다.

그나저나 세라가 사진을 보낸 의도가 뭘지 궁금하다. 자기 남친을 자랑하고 싶었던 걸까, 상히를 까고 싶었던 걸까? 도대체 세라 애 속셈이 뭐지?

6
나는 나다
: 유희 :

"야! 조용히 좀 해!"
나는 떠드는 아이들을 향해 소리를 질렀다.
"너나 조용히 해!"
경수가 또 시비를 걸어왔다.
"아우, 진짜 저걸 그냥 콱!"
"뭐 뭐! 어떻게 할 건데?"
"조용히 좀 하라고! 쥐처럼 찍찍거리지 말고!"
내 말에,
"푸하하! 야, 이제 경수 공식 별명 '쥐' 확정이야?"
경미가 들떠서 물었다.

"너는 조용히 하고 킹콩!"

경수가 눈을 부라리며 말하자

"아우! 저걸 그냥!"

하고 경미가 경수를 향해 주먹을 들어 보였다.

반장인 나는 날마다 전쟁 중이다. 반 아이들이 모두 천방지축이기 때문이다. 떠들어도 너무 떠들어서 들어오는 선생님마다 시끄러워서 수업을 못 하겠다며 화를 내신다. 좋은 말도 삼세번이라고 했다. 하물며 하루에 몇 번씩이나 시끄럽다고 혼나는 게 얼마나 괴롭겠는가! 공부보다 훨씬 더 어렵고 짜증 난다. 그래서 되도록 아이들을 조용히 시키려고 하는데 당최 말을 들어 먹질 않는다. 남자애들은 그렇다 치더라도 친한 친구들조차 말을 안 들어서 죽을 지경이다.

"야! 종 울렸잖아! 세라야, 상희야! 파우치 집어넣어. 또 선생님한테 혼나!"

내 말에 상희는 거울을 보며 마스카라로 속눈썹을 한껏 치켜올리면서 말한다.

"혼내면 혼나면 되지 뭐가 걱정이야. 걱정하지 마. 내가 알아서 해."

틴트를 바르며 입술을 만지던 세라도 거들었다.

"맞아, 상희가 눈 크게 뜨고 한마디하면 쌤도 암말 못 할걸?"

친구들이지만 이렇게 막 나가는 모습을 보면 고구마를 스무 개쯤 먹은 듯 답답하다. 언제 터질지 모르는 폭탄을 들고 있는 것처럼 불안하다. 하지만 말한다고 바뀔 아이들이 아니다, 그저 관계만 나빠질 뿐. 얘기할 때마다 꼰대 짓 그만하라는 친구들에게 같은 소리를 계속해봤자 아무 의미가 없다.

"그래도 어지간히 좀 해. 우리 반 분위기 안 좋다고 만날 혼나서 좋을 거 없잖아."

내가 툭 쏘아붙이자 세라가 애교스럽게 웃으며 말했다.

"에이, 왜 그래 반장! 이리 와봐! 내가 예쁘게 화장해 줄게."

"됐거든! 화장 안 해!"

"에이, 쪼금만 해도 달라질 텐데 한 번만 해보자. 응?"

"나는 이 얼굴에 만족하고 살 거야."

"어? 노노노노! 절대 아니 되옵니다! 우리 유희 씨, 얼굴도 갸름하고 쌍꺼풀이 없긴 하지만 그거야 다음에 수술하면 되고. 코도 예쁘고 입술도 예쁜데 피부톤이 너무 어둡고 칙칙해. 쿠션 좀 발라주고 입술에 틴트만 조금 발라도 예뻐질 텐데 무슨 고집이야?"

"됐어. 너나 많이 예뻐지셔."

쌩얼을 고집하는 나에게 세라는 집요하게 화장을 권한다.

초등학교 때부터 화장하는 친구들을 보면서 나는 대학생이 될 때까지 하지 않겠다고 스스로와 약속했다. 선생님들께 혼나기 일쑨데 왜 혼나면서까지 기를 쓰고 화장을 하는지 이해되지도 않았다. 게다가 화장한다고 해서 얼굴이 더 예뻐지는 것도 아닌데 왜들 저렇게 화장에 목숨을 거는지 신기했다. 하지만 이런 생각을 입 밖에 내진 않았다. 자칫 잘못했다가는 왕따가 될지도 모르기 때문이다.

내가 이런 생각을 하게 된 것은 엄마의 영향이 컸다. 엄마는 어린 학생들이 화장하는 것을 보면 안타까워 어쩔 줄 몰라 했다.

"어휴, 저렇게 예쁜 피부를 가진 애들이 왜 벌써부터 화장을 해서 좋은 피부를 다 망치고 있나 몰라. 어쩜 좋아, 다음에 후회할 텐데."

그리고 늘 뒤이어 따라오는 말,

"우리 딸은 화장하지 말고 딱 대학교 들어가면 해. 알았지? 화장하는 데 신경 쓸 시간에 공부하고. 뭐가 좋은 거라고 벌써부터 시작해? 그치?"

"알았어요. 알았다고요. 엄마, 잔소리 좀 그만해."

어쩌면 엄마의 잔소리가 내 머릿속에 각인되어 있는지도 모르겠다. 하지만 엄마뿐만 아니라 선생님들도 그렇고, 화장기 없이 깨끗한 얼굴이 예쁘다는 칭찬을 많이 해주셔서 그런지 화장을 하고 싶은 생각은 별로 없었다.

이런 내가 소외감을 느끼는 순간이 있다면 그건 바로 아침 시간이다. 쌩얼로 학교에 온 아이들이 화장을 하면서 화장하는 사람만 아는 이야기들을 나눌 때면 초대받지 않은 파티에 온 사람 같은 기분이 들었다. 게다가 요즘은 세라가 계속 나더러 쌍꺼풀 수술을 하라는 둥, 피부색이 어두우니 톤업 화장을 하는 게 낫겠다는 둥 찍는 소리를 해대니 강철 멘탈인 나도 흔들렸다.

'그냥 화장 한 번 해볼까? 그럼 훨씬 나아질까?'

이런 생각을 하다가도 한편으론 세라가 뭔데 내가 세라 말에 이렇게 바보처럼 휘둘리고 있나 싶어 아찔했다. 세라의 말을 듣다 보면 세라는 세상에서 가장 완벽한 사람인 듯했다. 그리고 우리는 어디든 한 군데 이상 고치지 않으면 안 될 모자란 아이들처럼 느껴지곤 했다. 늘 상냥하게 조언하는데 뒤돌아 생각해보면 자기를 칭찬하고 있는 게 세라의 실체였다.

'에잇! 내가 왜 세라 말에 오락가락하는 거야? 나는 나야. 누가 뭐래도 나는 있는 모습 이대로가 훨씬 예뻐, 흥!'

세라의 말에서 벗어나기 위해 머리를 흔들며 거울을 보고 씩 웃었다.

학원을 마치고 집에 가는데 핸드폰이 울렸다. 페메였다. 웬 사진이 떴다.

'누구 사진이지?'

확대해 보니 상희였다. 상희의 셀카에 이런저런 이모티콘을 넣어 장난스럽게 편집한 사진이었다. 세라가 보냈다.

💬 뭐야?
💬 웃기지?
💬 응, 웃기다.
💬 근데 뜬금없이 왜 상희 사진으로?

- 그냥 심심해서. 근데 상희 진짜로 예뻐?
- 갑자기 왜? 예쁜 건 사실.
- 야, 솔까말 그건 아니다. 다 화장발이지.
- 뭐, 그런 점도 있긴 해.
- 그치? 근데 우리가 예쁘다고 해주니깐 진짜 예쁜 줄 알고 우리한테 너무 함부로 한다는 느낌 안 들어?

세라가 갑자기 왜 이렇게 나오는지 궁금했다. 무슨 속셈이 있는 걸까? 세라는 작년 일을 금세 잊은 걸까? 친구들 뒷담화 때문에 그렇게 난처한 상황을 겪었으면서 또? 의중을 알 수 없으니 섣불리 맞장구치면 안 되겠구나 싶었다.

- 갑자기 왜 그러는데?
- 아니, 그렇잖아. 사실 기분 나쁜 적 많았거든. 면박 주고 무시해서.
- 에이, 원래 그렇잖아. 신경 쓰지 마.

내 답에 세라는 말이 없었다. 세라의 침묵이 계속되니 내가 너무 성의 없이 답했나 싶었다.

- 많이 속상해?
- 응.

💬 그렇구나. 그래도 어쩌겠어. 같은 반인데.

🗨 역시~! 반장답다. 반장다워!

💬 왜 그래?

🗨 반장이면 이 정도는 돼야 하는구나 싶네.

💬 핏!

🗨 참, 반장. 그럼 아라가 밤마다 울어서 눈 팅팅 부어 오는 건 알아?

💬 ?

🗨 정말 실망이다, 반장.

💬 왜 그러는데? 라면 먹고 부은 거 아니었어?

🗨 야, 라면은 무슨. 라면을 날마다 먹니?

💬 그럴 수도 있지.

🗨 근데 그게 아니란 말씀.

💬 그럼?

🗨 걔네 부모님이 날마다 싸워서 매일 울잖아. 진짜 불쌍하지?

사실 나는 아라가 운다는 사실을 알고 있었다. 하지만 아무리 친한 친구 사이라도 서로 지켜줘야 할 프라이버시가 있는 법이라 모르는 척 했다. 근데 세라는 이 사실을 어떻게 알게 되었을까? 설마 아라가 말해 준 걸까? 말로는 불쌍하다고 하면서 왠지 웃고 있을 것 같은 세라의 표정이 그려져 갑자기 온몸에 소름이 돋았다.

- …….
- 진짜 몰랐어? 몰랐나 보네.
- 응, 근데 너 설마 이걸 애들한테 다 말했어?
- 아냐, 네가 반장이니깐 말한 거야. 내가 말한 거 비밀이야. 우리 둘만의 비밀. 알았지?
- 알았어. 너도 다른 친구들한테는 말하지 마.
- 당근이지.
- 암튼 반장?
- 응?
- 상희 좀 어떻게 해봐. 나 정말 속상해.
- 어떡하긴 뭘 어떻게 해. 둘이 이야기해서 풀면 안 돼? 뭐가 문제인지 찾아가면 되잖아.
- 아니, 내가 밀도 못 꺼내게 하고 면빅부터 주는데 어떻게 얘길 해? 대화 자체를 안 하려고 하는데.
- 휴, 그래. 방법을 생각해보자.
- 그래, 반장만 믿을게.
- 응, 늦었는데 얼른 자.
- 굿나잇!

핸드폰을 닫고 나서도 쉽게 잠들지 못했다. 세라가 이런 메시지를 보내는 게 이상했다. 불길한 예감이 꿈속까지 따라왔다.

7

세라와 인생을 바꾸고 싶어

: 아라 :

아침에 늦잠을 자는 바람에 쌩얼로 학교에 왔다. 교실에 들어와 가방을 내려놓자마자 파우치를 꺼내 들고 거울 앞으로 갔다. 사물함 위에 화장품을 늘어놓고 화장을 시작했다. 얼마 전 생일날 경미가 선물해준 아이섀도는 보기만 해도 흐뭇했다. 이야기하던 중에 지나가는 말로 예쁘다고 했는데 그걸 기억하고 선물해 주다니! 보기와 다르게 마음 씀씀이가 섬세한 것이 경미의 매력일지도 모른다. 아, 그나저나 다크서클이 턱까지 내려오게 생겼다. 어쩜 좋아.

어젯밤에도 엄마 아빠가 싸우는 바람에 깊이 못 잤더니 피부가 까칠하다. 어제 싸움은 '카드값' 때문이었다. 저녁을 먹고 소파에 앉을 때까지만 해도 분위기가 좋았다. 보고 싶은 채널을 마음대로 볼 순 없었지만 엄마가 좋아하는 일일 드라마의 막장 전개가 몰입도 100프로였다. TV를 켠 엄마보다 나와 동생 혜라가 더 열심히 보고 있는데 갑자기 아빠가 엄마한테 말씀하셨다.

"이번 달 카드값이 도대체 얼마나 나온 줄 알아?"

"왜 그래요? 생활비로 쓴 걸 가지고."

"생활비? 생활비로 카드값이 이렇게 많이 나왔다고? 명세서 가져와 봐!"

"아니, 저녁 먹고 좀 쉬려는데 왜 또 시작이래? 아라야, TV 소리 좀 키워 봐!"

나는 머뭇거리며 볼륨을 높였다.

"지금 사람 말이 말로 안 들려? 카드값은 어떻게 하려고 그렇게 계획 없이 써 대냐고!"

"아니 내가 명품을 시길 해요, 뭘 해요? 그리고 나도 돈 벌어요. 온종일 힘들게 일한다고요. 그럼 그만큼 쓸 자격 있다고 생각해요."

엄마의 얼굴이 벌게지면서 목에 핏대가 섰다. 이쯤 되면 나는 혜라에게 눈짓을 해서 방으로 들어가곤 했다. 평소에는 작은 것 갖고도 티격태격 싸우는 동생이었지만 이런 순간만큼은 누구보다 우애 좋은 자매가 된다. 함께 있으면 불안한 마음이 절반으로 줄어드는 것 같았다. 어린 동생도 힘이 된다는 걸 부모님의 싸움으로 깨달았다. 동생마저 없었다면 얼마나 무섭고 외로웠을까.

엄마 아빠의 싸움은 언제나 돈에서 시작해서 이혼이라는 말로 끝났다. 어렸을 때는 이혼이 무슨 뜻인지도 모르면서 막연한 두려움에 사로잡히곤 했다. 그래서 책상 밑에 들어가 눈이 퉁퉁 붓도록 울었는데, 그 의미를 알게 된 후에는 머릿속으로 끊임없이 상상하게 되었다.

'엄마 아빠가 이혼하면 나는 누구와 살아야 할까?'

'엄마랑 살면 아빠가 섭섭할 테고, 아빠랑 살면 엄마가 속상할 텐데.'

'혜라는 누구랑 산다고 할까?'

'엄마 아빠가 싸우는 진짜 이유는 뭘까?'

엄마 아빠가 싸우는 게 하루 이틀이 아니지만 도무지 익숙해지지 않는다. 싸울 때마다 가슴이 얼마나 조마조마한지 심장이 다 쪼그라들어 없어져 버릴까 봐 걱정될 정도였다. 가끔은 엄마 아빠가 빨리 이혼해버렸으면 좋겠다는 생각마저 들었다. 그런 생각을 한 날이면 경찰에 잡혀가는 악몽에 시달리곤 했다.

좋은 딸이 되고 싶었다. 공부도 잘하고, 집안일도 잘하고, 엄마 아빠에게 애교도 잘 부리는 붙임성 있는 아이가. 하지만 나는 모든 게 별로인 아이였다. 내가 그저 그런 아이라 부모님 사이가 나쁜 것 같아 차라리 내가 없는 것이 더 낫지 않을까 하는 생각이 들었다.

다크서클과 미간, 콧등에 밝은색의 파운데이션을 찍어놓고선 생각에 잠겼다가 퍼프로 얇게 펴 바르려고 하는 순간 거울 뒤로 세라의 얼굴이 나타났다.

"어이! 아프리카 추장!"

"뭐야! 뭔 솔?"

"지금 이렇게 하고 있으니깐 추장 같아, 히히힛!"

"웃음소리는 그게 또 뭐야?"

"아니, 재밌어서. 얼른 해. 근데 오늘은 왜 쌩얼로 옴?"

"늦잠 자서……."

"그래도 지각은 안 했네, 우리 아라!"

"피~."

"근데 너 눈이 심각하게 부었는데? 울었지?"

세라가 실눈을 뜨고 나를 살피며 물었다.

"울긴, 뭘?"

"아니야, 분명히 이건 딱 봐도 '울었다'에 손가락 건다!"

"너는 손가락을 그렇게 함부로 걸고 그래?"

세라는 피식거리며 계속 내 눈을 뚫어지게 쳐다봤다.

"왜 울었냐고~?"

"아니, 그냥 엄마 아빠가 싸워서."

"왜 싸우셨는데?"

"몰라. 맨날 그렇지 뭐."

"진짜? 왜? 난 우리 엄마 아빠 싸우는 거 한 번도 못 봤는데?"

깜짝 놀라서 나도 모르게 큰 소리로 물었다.

"뭐라고? 엄마 아빠가 한 번도 안 싸웠다고?"

세라는 당연하다는 듯 대답했다.

"왜 싸워? 싸울 일이 있나?"

"헐~, 말도 안 돼! 사람이 어떻게 안 싸우고 살아?"

부모님이 싸우는 걸 보면서 다른 집도 당연히 이렇게 살 거라고 생각해왔다. 아니, 특별히 생각도 안 해봤다. 원래 다들 이렇게 사는 거라고 나도 모르게 인식하고 있었을 뿐. TV 드라마만 봐도 싸우고 헤어지고 다시 만나고 다들 그렇게 살지 않나? 그런데 세라의 말을 들으니 그게 아닐지도 모른다는 생각이 들었다.

싸우지 않는 집은 어떤 느낌일까? 어떤 색깔일까? 어떤 풍경일까? 경험해보지 않은 세상이라 상상이 되지 않았다. 세라 부모님 같은 부모에게서 다시 태어나면 알게 될까?

'부럽다, 기세라. 다음 생이 있다면 기세라와 인생을 바꿔보고 싶다.'

학원에 다녀와서 편하게 쉬고 있는데 핸드폰 알림이 울렸다. 페메였다.

💬 자?

세라였다.

💬 아직. 자려고 누웠어.
💬 ㅋㅋㅋ
💬 왜? 무슨 일?

- 아니, 그냥. 심심해서.
- 응.
- 있잖아, 수은이.
- 응.
- 너무 여우 같지 않아?

나는 갑자기 훅 들어온 세라의 말에 깜짝 놀랐다.

- 왜 갑자기? 무슨 일 있었어?
- 아니, 딱 봐도 보이잖아. 동호 좋아하면서 안 좋아하는 척하고, 친한 친구인 척 하면서 가까이 지내는 거. 완전 여우지.
- 수은이가? 에이, 아니야.
- 맞아. 수은이가 동호 좋아하는 거 내가 확인했이.
- 진짜?
- 응, 근데 시치미 떼고 그렇게 지내는 거 봐봐. 완전 여우가 아니면 그렇게 못해. 남자 여럿 울리게 생겼다니깐.
- 흠~.
- 얘가 너무 순진해서 사람 말을 못 믿네.
- 그래도 수은이 착하잖아. 고민 상담도 잘해주고. 또 뭐 동호를 좋아한다고 해도 그게 잘못은 아니지.
- 야, 고민 상담해주는 척하면서 들은 이야기를 다른 애들한테 다 옮길걸? 너도

혹시 수은이한테 고민 상담한 적 있어?

가슴이 뜨끔했다. 생각해보니 이런저런 이야기를 꽤 자주 했던 것 같다.

- 너네 부모님 자주 싸우시는 거 네가 말하기 전에 난 이미 알고 있었어. 수은이가 말해줬거든.
- 뭐라고?

나는 세라의 말이 믿기지 않았다. 설마 수은이가 그랬을까? 말도 안 된다.

- 진짜야. 그러니깐 수은이 너무 믿지 마. 고민 생기면 나한테 얘기해. 응?
- 어? 응…….
- 사실 상희가 나 무시하는 말 하고 함부로 대해도 너희들이 아무도 내 편 안 들어줘서 외롭고 속상하고 그랬거든. 근데 아라 너는 착하잖아. 그래서 너랑 더 특별하게 지내고 싶었어. 너같이 착한 애가 수은이한테 속는 것도 안타깝고 그래서 말해주는 거야.
- 응, 그렇게 생각한다니 고마워.

고맙다고 말하면서도 지금 어떤 상황이 벌어지고 있는지 정리가 안 되었다. 마음을 터놓고 지낸 수은이가 다른 친구들에게 내 이야기를 해왔다는 것과 세라가 나와 더 친해지고 싶어 한다는 사실만 알 뿐.

 이 모든 게 사실이라면 나는 이제 수은이를 어떻게 봐야 하는 걸까? 그렇지 않아도 부모님 때문에 날마다 지옥에서 사는 기분인데, 고민거리가 하나 더 생겼다. 하지만 아무리 생각해도 세라의 말이 믿기지 않는다. 내가 아는 수은이가 그랬을 리가 없다, 절대로……..

8
수상하고 은밀한 작전
: 수은 :

잦은 지각 때문에 '지각대장'이라는 별명까지 갖고 있는데 또 늦었다. 교복까지 다 입고 밥을 국에 말아 후루룩 마시고 급하게 일어나니 엄마가 무슨 일 있냐며 귀찮게 물었다.

"일은 무슨! 없어!"

"무슨 일 생기면 엄마한테 먼저 말해야 해!"

"알았어! 걱정 마!"

엄마는 내가 아직도 어린애인 줄 안다. 나도 이제 열여섯 살이나 되었는데 언제까지 여섯 살 취급하려고 저러시나 모르겠다.

교실에 도착하니 역시나 부지런한 유희가 벌써 와서 영어 공부를 하고 있었다.

'아유, 저 범생이.'

"야! 이렇게 빨리 와서 또 공부하니?"

"공부는 무슨 공부? 숙제야. 이거 오늘 다 못 해가면 두 시간 남긴대서 어쩔 수 없이 하는 거야."

"에휴~, 너도 고생이 많구나."

나는 혼자 공부하겠다며 아빠를 졸라서 학원에 안 다닌 지 몇 달 되었다.

"고생은 무슨. 나는 학원 안 다니면 더 불안해."

"그래, 그건 그렇고 요새 세라 좀 이상하지 않아?"

나와 이야기하면서도 계속 책에 눈길을 주고 있던 유희가 고개를 들었다.

"뭐가?"

"상희한테 불만이 많은 것 같아. 뭐랄까, 폭풍 전야 같은 느낌?"

"맞아, 그러긴 하더라. 나한테도 상희 사진 이상한 거 보냈었거든."

유희가 핸드폰을 꺼내 갤러리를 뒤적이더니 사진을 보여줬다.

"이게 누구야?"

"상희잖아."

사진을 가만히 보면 상희가 맞긴 한데 피에로 이모티콘을 넣고 편집한 사진이 우습기도 하고 무섭기도 하다.

"헐, 대박~! 상희도 이 사진 봤어?"

"안 보여줬지. 알면 난리 날 게 뻔한데."

"하긴 알면 뒤집어지겠다."

둘이 사진을 들여다보며 이야기하고 있는데 갑자기 뒤에서 큰 소리가 들렸다.

"누가 뒤집어져?"

"앗, 깜짝이야!"

경미였다. 이마에 송골송골 맺힌 땀을 닦으며 또 물었다.

"누가 뒤집어지는데?"

"야, 목소리 좀 줄여."

내 말에 경미는 잠깐 기다리라는 손짓을 하더니 가방을 책상에 올려놓고 다시 왔다.

"여기서 이러지 말고 화장실로 가자."

유희의 말에 우리 셋은 화장실로 향했다.

"요즘 세라가 좀 이상하다고 말하던 중이었어. 상희 사진을 이상하게 편집해서 나한테 보내고, 상희 뒷담화도 하고."

유희의 말에 거울을 보며 목까지 흘러내린 땀을 화장지로 닦던 경미가 답했다.

"그러니깐 진짜 이상하긴 해. 남친 사진 저번에 너희도 봤잖아. 우리가 친하긴 하지만 그 사진을 우리한테만 보냈겠니?"

"그러게."

모두 생각에 잠겨 잠시 조용해졌다.

"상희하고 한판 붙어보겠다는 걸까?"

경미의 말에 나와 유희가 동시에 대답했다.

"설마! 말도 안 돼!"

"야, 너네 쌍둥이야? 어쩜 둘이 이렇게 똑같아?"

"크크크, 그러게."

나는 유희와 눈을 마주치고 웃었다.

"야, 세라가 제정신이면 상희와 맞장뜰 각오를 하겠어? 아유~, 생각만 해도 다리가 후들거린다."

유희의 말에 경미도 고개를 끄덕였다. 세라가 뭔가 일을 꾸미는 것 같은데 그게 뭔지 감이 안 잡히니 더 불안하다. 세라의 말과 행동을 하나하나 되짚어 보면 되짚어 볼수록 묘하게 기분이 나쁘다. 그중에서도 가장 기분 나쁜 건 동호 이야기다. 아, 맞다. 내 사랑 동호!

"참, 대박소식 또 하나 있는데 내가 말 안 했지?"

내 말에 경미와 유희의 눈이 반짝반짝 빛나기 시작했다.

"무슨 소식?"

"빨리 말해 봐. 뜸들이지 말고!"

성격 급한 경미가 또 소리를 질렀다. 나는 침을 꿀꺽 삼킨 다음 이야기를 시작했다.

"있잖아, 기세라."

"응, 세라가 왜?"

유희가 두 눈썹을 자유자재로 움직이며 내 입을 쳐다본다.

"세라가 동호 좋아한대."

"뭐?"

"진짜? 헐, 대박!"

"진짜 대박 사건!"

경미의 동공이 얼마나 커졌는지 눈알이 튀어나오는 줄 알았다. 그럴 만도 하다. 나도 그랬는데, 경미라고 어찌 놀라지 않겠는가? 동호에게 툴툴거리고 말도 거칠게 하지만 경미가 동호를 좋아한다는 사실을 모르는 사람은 아마 동호밖에 없을 거다. 그리고 경미가 동호를 좋아한다는 사실을 친구들이 다 알고 있다는 걸 모르는 사람 역시 경미밖에 없을 거다. 어쨌거나 이 소식은 나뿐만 아니라 경미에게도 초대박 사건임이 분명했다. 그동안 세라가 경미에게 얼마나 많은 상처를 줬던가? 안 그래도 경미가 단단히 벼르고 있었는데 남친도 있으면서 동호까지 넘보다니. 경미는 어쩌면 세라를 가만두지 않을지도 모른다. 그리고 나는 내심 그것을 바라며 이 말을 꺼냈는지도 모른다.

"진짜 대박이지 않아?"

나는 경미의 속마음이 너무 궁금했다. 어떤 기분일까? 나처럼 세상이 무너지는 느낌일까? 세라가 어디론가 사라져버리길 바라는 마음일까? 아니면 그보다는 덜할까? 어떤 말이 나올지 기대하며 경미의 눈을 뚫어지게 쳐다봤다. 경미는 한숨을 내쉬더니 말했다.

"미쳤네, 진짜."

겨우 이 두 마디만 하고서는 고개를 딴 데로 돌려 내 시선을 피했다. 실망했다. 뭔가 큰 욕이라도 한 번 쏘아줄 줄 알았는데 겨우 미쳤다는 말로 끝이라니. 속상한 내 마음을 달래주기엔 너무 약하다. 어쩌면 내가 동호를 좋아하는 마음보다 경미가 동호를 좋아하는 마음이 더 작아서 그럴지도 모른다.

아마 경미도 알고 있을 거다, 내가 동호를 좋아한다는 것을. 어떻게 모르겠는가? 그동안 그렇게 붙어다녔는데 느끼지 못했다면 그게 더 이상한 일이다. 하지만 나도 그렇고 경미도 그렇고 서로에게 솔직해지긴 힘들었다. 왜냐하면 친구니깐. 둘 중 누군가가 동호와 사귀면 우정도 깨지는 거니깐. 섣불리 말할 수도, 말해서도 안 된다고 암묵적으로 동의하고 있는 상태였는지도 모른다. 그런데 세라가 여기에 대고 선전포고를 했다. 갑자기 훅 들어와서는 거침없이 당연하다는 듯이 말이다. 뭐가 이렇게도 당당할까, 세라는.

한참을 멍 때리고 있던 경미가 다음 질문을 했다.

"걔 남친은?"

"남친은 세컨드인가 보지, 뭐."

내가 대답했다.

"무슨 소리야? 자세히 말을 해봐!"

경미는 내가 잘못을 저지른 사람이라도 되는 양 채근했다.

"뭔데?"

"내가 어제 쿠션 때문에 동호하고 약간 티격태격했는데, 세라가 오더니 우리더러 서로 좋아하냐고 드립을 치길래 내가 아니라고 하니깐 동호는 자기 거라며 손대지 말라고 하더라고."

"헐! 대~박! 그래서?"

"뭐가 그래서야? 그럼 지금 네 남친은 뭐냐고 물었지."

"그랬더니?"

"그랬더니 남친은 그냥 외로워서 잠깐 만나는 거래. 동호가 여친이 랑 깨지면 잘해본다면서 나더러 건드리지 말라고 하더라고."

"와! 미친! 대박이네!"

"얘 제정신 맞니?"

유희도 참을 수 없는지 흥분해서 큰 소리로 말했다.

"그러니깐. 우리가 같이 어울려 다니고 친하긴 하지만 이건 좀 아니지 않아? 아닌 건 아니라고 해줘야지. 어떻게 남친을 두고 딴 남자 생각을 해? 말도 안 돼!"

내 말에 경미도 달아오른 얼굴로 말했다.

"맞아 맞아! 이건 진짜 아니지! 야! 그 남친은 뭐야, 불쌍하게. 와! 사람을 이렇게 이용하면 안 되지!"

"그러니깐."

우리 사이에 뜨거운 바람이 일렁였다. 새로운 얘깃거리에 흥분한 아이들의 얼굴이 홍시처럼 달아올랐다. 누군가에게 빨리 이 소식을 전하고 싶어 입이 간지러워 죽을 지경이었다. 남친까지 있으면서 동호에게 들이대는 세라가 미워서 견딜 수 없었다.

한편으론 동호가 이 사실을 알게 되면 어떡하나 걱정됐다. 동호가 세라에게 잘해주는 거로 봐서 그리 싫지 않은 눈치였는데, 만약 동호가 세라와 사귀기라도 하면 어떡하나 하는 생각에 온몸에 소름이 돋았다. 고백 한 번 못 해보고 눈앞에서 세라에게 동호를 뺏길 순 없다. 박수은 자존심이 걸린 문제다.

"상희랑 아라는 아직 모르지? 얼른 가서 말해주자."

"그래그래.

"그치! 이런 걸 그냥 둘 순 없지."

나와 유희, 경미는 일심동체가 되어 비밀 군사 작전을 수행하듯 황급히 교실로 올라갔다.

교실에 가니 세라는 동호가 포함된 남자애들과 무슨 이야기를 하는지 깔깔대며 웃고 있었다. 아라는 엎드려 자고, 상희는 자리에 앉아서 화장을 고치는 중이었다. 나와 경미는 조용히 상희 옆으로 다가갔다. 경미가 개미 같은 목소리로 말했다.

"대박 사건 있어."

평소 덩치도 크고 목소리도 우렁찬 경미가 작은 목소리로 속삭이는 것이 이상했던 걸까? 상희가 웃음을 터뜨렸다.

"푸하하! 뭐라는 거야! 안 어울리게! 평소 하던 대로 해!"

상희의 웃음소리에 남자애들과 어울려 놀던 세라가 고개를 돌려 우리가 있는 쪽을 쳐다봤다.

"야, 조용히 좀 해봐. 대박 사건 있다고!"

앞머리를 롤로 말아 올리고 거울을 보며 눈썹을 그리던 상희가 나와 경미를 보며 물었다.

"뭔데?"

"근데 지금은 말 못 하니깐 점심 먹고 세라 몰래 만나자."

"왜?"

순간 세라가 우리 쪽으로 다가오는 것을 보고 나는 얼른 상희에게 딴청을 부리며 말을 거는 척했다.

"야! 상희 너는 도대체 화장을 하루에 몇 번이나 지웠다 하고 지웠다 하니? 물티슈가 남아나질 않잖아!"

내 말에 경미도 거들었다.

"그래, 어지간히 좀 해."

경미의 말에 상희가 답했다.

"무슨 소리야? 오늘은 이제 겨우 두 번째거든!"

우리 옆으로 온 세라가 말을 보탰다.

"맞아! 작작 좀 해. 너무 자주 지웠다 하고 지웠다 해도 피부에 안 좋댔어."

세라의 말에 상희가 툭 쏘며 말했다.

"그래서? 또 너는 피부 좋다는 말 하려고?"

세라는 빙긋 웃으며 말했다.

"아니, 그게 아니라 네 피부도 생각하라는 거지."

상희가 세라와 이야기를 나누는 사이 나는 유희와 함께 아라에게 다가가서 조용히 아라를 깨웠다.

"아라야! 대박 사건, 대박 사건!"

아라는 다 풀린 눈을 뜨려고 애쓰며 말했다.

"뭔데?"

"있잖아……."

유희가 이야기하려는 사이 남자애들이 다가와서 귀를 기울였다.

"뭔데?"

동호였다. 나와 유희는 화들짝 놀라 동호를 밀쳐냈다.

"야! 너는 왜 아무 데나 끼어들고 난리야! 아무것도 아니거든!"

"대박 사건이라면서?"

"너랑 아무 상관 없네요!"

내가 유희와 함께 도끼눈을 뜨고 동호를 쳐다보자 그 기세에 놀랐는지 동호가 자리로 돌아갔다.

"야, 지금은 말 못 하니까 이따 점심 먹고 따로 만나. 세라 몰래."

"세라 몰래?"

아라는 잠이 확 깨는지 깜짝 놀란 표정으로 되물었다.

"응."

"세라를 왜 빼고?"

아라의 말에 유희가 답답하다는 듯이 말을 자르며 대답했다.

"이유가 있으니깐 급식 먹고 자연스럽게 세라 빼놓고 만나자고. 알았지?"

"응."

종이 울려 각자의 자리로 돌아갔다. 교실이 왠지 어수선하게 느껴졌다. 말로 설명하기 힘든 묘한 공기가 교실에 퍼졌다. 나와 유희, 아라, 경미, 상희는 4교시 수업 내내 서로에게 눈짓을 보냈다.

점심은 항상 여섯이 같이 먹었다. 학기 초 2~3일 정도는 2학년 때 친했던 친구들과 만나서 먹기도 했지만 여섯이 친해진 후부터는 똘똘 뭉쳐 다녔다. 함께 밥을 먹으면 든든하고 즐거웠다. 이렇게 뭉쳐 있으면 센 애들도 우릴 건드리지 않아 편했다.

오늘도 점심시간을 알리는 종이 울리자마자 모였다. 세라도 평소처럼 교실 뒤쪽으로 왔다. 눈치껏 빠져주면 좋을 텐데. 하긴 그런 눈치가 있었다면 아이들에게 상처 주는 말을 그렇게 쉽게 내뱉었을 리가 없다.

"야, 오늘 급식 뭐였지?"

상희가 물었다.

"아니, 아직도 그걸 모르고 있었어?"

경미가 눈을 똥그랗게 뜨고 호들갑을 떨면서 이야기를 막 시작하려는 찰나,

"김치 콩나물국, 돼지 갈비찜, 김구이, 에그 타르트야. 완전 살찌는 식단이네."

세라가 끼어들면서 말했다.

"야, 너는 살 타령 좀 그만해!"

경미가 눈을 흘기며 세라를 쳐다보니 세라는 이미 거울 앞에 서서

머리를 빗으며 선심 쓰듯 말했다.

"오늘은 진짜 조금만 먹을 거야. 내가 많이 받아서 경미 너 줄게."

애들이 모두 세라에게 눈을 흘기고 있는데 세라는 아는지 모르는지 틴트를 바르기 시작했다. 수정 화장을 마친 상희가 자리에서 일어나며 말했다.

"야, 가자!"

"앗~싸!"

"오늘도 아줌마가 밥 쪼금만 주면 나 진짜 급식실에 폭탄 던질 거야."

유희의 말에 아라가 피식 웃었다. 급식실을 향해 뛰는 발걸음이 빨라졌다. 나는 유희, 아라와 팔짱을 끼고, 상희는 경미와 손을 잡고 달렸다. 같이 걷던 세라가 뒤처지는 게 느껴졌다.

"야! 같이 가!"

뒤에서 세라의 목소리가 들리자 술래에게 쫓기듯 가슴이 쫄깃해졌다. 나도 모르게 발걸음이 더 빨라졌다. 어느샌가 우리는 뛰고 있었다. 그렇게 빨리 달렸는데도 세라는 금세 우리를 따라잡았다.

밥 먹는 내내 누구도 세라에게 말을 걸지 않았다. 우리 다섯끼리만 이야기하고 낄낄대고 장난치면서 신이 나 있었다. 사실 그렇게 웃기는 얘기도 아니었는데 그날따라 왜 그렇게 재밌었는지 모르겠다. 우리들의 대화에 끼어보려고 애쓰던 세라의 표정이 점점 어두워졌다. 평소와 다른 분위기를 눈치챘는지 세라가 나긋나긋한 말투로 불렀다.

"경미야!"

우리는 보이지 않는 유리막을 단단히 치고 세라를 응시했다.

"이 갈비찜 너 먹어. 나는 안 먹고 싶었는데 너 주려고 받아왔어."

차갑고 단단한 기운을 뚫고 세라가 말을 이었다. 나라면 벌써 교실로 가고 말았을 텐데. 그러고 보면 세라 멘탈은 정말 갑 중에서도 갑인지도 모른다. 눈치를 살피며 세라가 조심스레 건넨 말에 경미가 답했다.

"됐어. 너나 처먹어. 안 먹을 거면 그냥 버리든지. 내가 아무거나 막 먹는 돼지인 줄 알아?"

경미의 뾰족한 말에 모두 일시 정지된 화면처럼 경미를 쳐다본 채 아무 말도 못 했다. 세라의 고개가 갑자기 푹 꺾였다. 내 심장도 덜컹 내려앉았다. 그 순간 상희가 말했다.

"야! 너 원래 아무거나 다 먹는 돼지잖아, 푸하하!"

상희의 말에 우리는 낄낄대며 다시 웃기 시작했다. 경미도 웃었다. 하지만 세라는 끝내 웃지 않았다. 하얀 얼굴이 더 하얘져서 핏기라고는 한 방울도 없어 보였고, 금방이라도 쓰러질 사람처럼 위태로워 보였다. 세라의 표정을 보는 순간, 날카로운 면도날이 가슴 한구석 어딘가를 스친 것처럼 차갑게 아려왔다.

'아냐, 괜찮아. 이 정도 갖고 뭘. 세라가 우리한테 얼마나 많은 상처를 줬는데!'

점심을 먹고 우르르 화장실로 몰려갔다. 모두 한 칸씩 차지하고 일을 보면서도 대화를 나누며 떠들었다. 평소엔 세라도 말이 많았는데 오늘은 조용하다.

상희가 화장실에서 가장 먼저 나왔다. 그다음은 나, 그리고 유희, 아라가 연이어 나왔다. 손을 씻고 거울을 보며 머리를 매만지는데 상희가 거울 속에서 눈짓으로 출입문을 가리키며 입 모양으로 말했다.

'나가자!'

'지금?'

우리는 소리 내지 않고 입 모양으로만 말하는 게 웃겨서 키득거리며 침묵의 대화를 이어나갔다.

'빨리, 세라 나오기 전에 나가자고!'

경미가 '몸으로 말해요' 게임이라도 하는 것처럼 세라가 있는 화장실 문과 출입문을 가리키며 입 모양으로 말했다.

'진짜?'

아라가 다소 머뭇거리는 표정으로 물었다.

'가자!'

유희가 왼손으로 아라의 손목을 잡아 이끌었다. 우리는 숨바꼭질하는 사람들처럼 소리 없이 화장실 문을 열고 살금살금 빠져나왔다. 내가 맨 마지막에 나왔는데 뒤에서 세라가 따라오는 느낌이 들어 머리카락이 쭈뼛 서는 것만 같았다.

'근데 우리가 지금 왜 이러고 있지? 꼭 쫓기는 사람처럼 불안하네.'

친구들을 따라 조용히 복도를 뛰어가는데 마음이 복잡했다.

'내가 괜한 이야기를 했을까?'

'어떡해. 일을 너무 크게 만들어버렸어.'
'지금이라도 멈추자고 친구들에게 말할까?'
종잡을 수 없는 불안함이 안개처럼 나를 감쌌다.

9
우리만의 고해성사
: 경미 :

세라를 화장실에 남겨두고 조용히 빠져나온 우리는 복도에 나와서도 속식이듯 말했다.
"어디로 갈 거야?"
내가 상희에게 물었다.
"글쎄, 경미 네가 말해봐."
"세라가 모르는 데가 어딜까?"
"설마 찾으러 올까?"
"오고도 남지. 눈치가 없으니까."
"그럼 우리가 평소에 안 가던 곳으로 가야지."
"우리가 안 가던 곳?"

"어디가 있을까?"

머리를 맞대고 의논했다.

"가자!"

상희가 말했다.

"어디로?"

여덟 개의 눈동자가 상희를 향했다.

"과학실!"

"거기 문이 열렸어?"

"아니, 과학실 앞 복도 말이야. 거기에 앉아 있으면 밖에서도 안 보이고, 애들도 거긴 잘 안 다니니깐."

"아하! 그렇구나!"

"역시 잔머리!"

"가자!"

과학실 앞에 도착해서 동그랗게 둘러앉았다.

"근데 우리 여기에 왜 왔지?"

평소에 순하고 말도 별로 없는 아라의 질문에 우리는 또 웃음보가 터지기 시작했다.

"야! 뭐야, 진짜! 세라 이야기하려고 왔잖아."

"아, 맞다."

아라는 미안하다는 듯 머리를 긁적이며 웃었다.

"야! 수은아! 수은이 네가 빨리 말해줘, 빨리~!"

답답한 마음에 수은이를 채근했다.

"그래, 대체 무슨 일이야?"

상희도 물었다.

"무슨 일이냐면 세라가 동호를 좋아한다고 자기 거니깐 나보고 건드리지 말래. 난 맘도 없는데 암튼 자기 거라고 건들지 말라고 하더라고."

수은이의 말에 아라와 상희가 동시에 말했다.

"헐~, 뭐냐?"

"그럼 자기 남친은?"

상희의 물음에 내가 대답했다.

"그러니깐 미친 거 아냐. 외롭다고 남친 소개해달라고 생난리를 쳐서 소개받았디먼서. 이, 정말 빡쳐서 죽는 줄 알았다니깐. 그럼 그 남자 애는 도대체 뭐가 되는 거냐고!"

나도 모르게 목소리 톤이 올라갔다. 피가 얼굴로 쏠리는 게 느껴졌다.

'아, 너무 흥분하면 안 되는데…….'

잠깐 마음을 가다듬는 사이 유희가 말했다.

"완전히 자기밖에 모르네."

"그러게 말이야. 자기가 좋다고 하면 동호가 당연히 좋다고 해야 하는 거야? 자기가 무슨 공주라도 되는 거야?"

수은이의 말에,

"집에서 공주님 공주님 하나 보지 뭐. 아, 정말 재수 없네."

상희가 받아쳤다.

"말이 나왔으니깐 하는 말인데……."

유희가 긴 머리를 귀 뒤로 넘기면서 눈을 내리깔고 말을 이어나갔다.

"내가 쌩얼로 다닌다고 나더러 무슨 자신감이 그렇게 펄펄 넘치냐고 말할 때마다 친구라서 참기는 했는데 자존심 구겨지고 기분 더러웠어."

아라도 말했다.

"맞아, 나도 옆에 있었는데 진짜 걔 기분 나쁘게 말해. 나한테도 화장으로 얼굴 단점 커버 잘한다고 칭찬했었는데 가만히 생각해보면 그게 내 얼굴이 이상하다는 걸 돌려서 말하는 것 같더라고. 항상 뒤끝이 구리고 기분 나빴어. 근데 걘 왜 말을 그런 식으로 하는 거야?"

"그러니깐 걔가 인성이 쓰레기라는 거야. 집만 잘살면 뭐 해? 완전 쓰레기 같은 말만 뱉고 다니는데."

상희가 마치 쓰레기 냄새를 맡은 듯 찡그리며 말했다. 알고 보면 상희도 말이 꽤 거친데 지금 이 상황에선 그게 중요한 게 아니다. 여기저기에서 세라에게 기분 나빴던 이야기들이 나오니 나도 그동안 켜켜이 쌓아둔 감정이 되살아났다.

"자기가 날씬하면 얼마나 날씬하다고 나보고 살 빼는 게 최고의 다이어트니 뭐니 지랄이야, 진짜! 누군 뚱뚱하고 싶어서 뚱뚱하냐고! 꼭 무를 썰어서 말려놓은 것처럼 하얗게 비틀어져서 말이야."

내 말에 친구들이 까르르 웃었다. 친구들이 웃어주니 마음이 풍선처럼 부풀어 오르는 것 같았다.

"상희야, 근데 지난 토요일에 세라가 네 남친도 깠어."

상희의 눈이 똥그래졌다.

"뭐라고?"

"뭐랬더라? 잘생긴 것도 아니고 키가 큰 것도 아니고 돈도 없는데 네가 그런 애를 만나는 게 이상하다고 말했어."

"아우! 진짜 완전 똘아이네! 무슨 상관인데!"

"그러게 말이야."

"인격장애 아냐?"

아이들의 반응이 생각보다 격했다. 만약 내가 세라와 함께 상희를 깐 걸 알면 상희가 가만히 있지 않겠지? 생각만 해도 무섭다. 언젠가는 알게 될 텐데 아무래도 미리 말해야겠다. 민망하고 무서워도 이런 일은 빨리 털어버리는 게 상책이다.

"근데……."

목소리가 너무 작았는지 모두 귀를 쫑긋하며 나를 주시했다.

"혼자서 계속 뭐라고 하는데 가만히 있는 게 좀 그래서 나도 어쩔 수 없이 맞장구 쳐줬어. '응, 그래, 응' 이렇게. 미안해, 상희야."

상희는 오른쪽 입꼬리를 올리며 피식 웃더니,

"아, 난 또 뭐라고. 그럴 수도 있지 뭐."

의외로 쿨한 대답이 돌아왔다.

'휴~'

상희의 말에 일단 한시름 놓았다. 하지만 엄마 몰래 성적표를 숨겨둔 아이처럼 마음이 찜찜하고 불안했다. 상희가 나를 썩 좋아하진 않는다는 걸 느끼고 있어서인지 이번 일로 완전히 찍힐까 봐 걱정되었다. 하지만 찬찬히 생각해보니 내가 왜 이렇게 주눅들어야 하는지도 모르겠다. 천하의 유경미가 말이다. 친구랑 있다 보면 뒷담화도 좀 하고 그러지 않나? 이렇게 죄인처럼 용서를 빌어야 하는 일일까? 갑자기 자존심이 상한다. 고양이 앞의 쥐 같은 내 신세가 처량하게 느껴진다.

"고마워. 분위기 맞춰주다 보니깐 어쩔 수 없었어."

나는 상희의 눈을 똑바로 바라보지도 못한 채 왼쪽 새끼손톱에 칠한 초록색 매니큐어를 오른쪽 엄지손톱으로 긁어내며 말했다.

"걔 취미가 다른 사람 까는 거야?"

조용하던 유희가 도전적으로 말했다.

"왜?"

모두의 시선이 유희에게 집중되었다.

"아니, 나한테는 아라도 깠거든."

"뭐?"

나도 모르게 목소리가 커졌다.

"야! 조용히 해. 애들 오겠다."

수은이가 나를 보며 말했다.

"아라가 날마다 눈이 부어서 오는 게 엄마 아빠가 늘 싸워서 그런 거라고 불쌍하다고…….”

"헐!"

"대박."

"이건 패드립 아니야?"

"완전 쓰레기네."

아이들이 모두 소리를 질러댔다. 아라의 눈에 눈물이 돌았다. 아라가 울먹이며 수은이에게 말했다.

"수은아, 물어볼 게 있는데."

"응."

"그 말, 네가 세라한테 한 거야?"

"아니! 말도 안 돼. 내가 그런 비밀 얘기를 세라한테 왜 하겠어? 말도 안 돼."

"와~! 그럼 얘 거짓말까지 한 거야?"

아이들이 머리를 절레절레 흔들었다.

갑자기 고해성사하는 분위기로 바뀌었다. 수은이가 쭈뼛거리더니 말을 꺼냈다.

"경미야, 사실은……."

수은이가 내 이름을 부르는 순간 가슴이 철렁 내려앉았다. 좋은 소리는 아닐 테니 듣기 싫다. 차라리 모르는 게 낫지, 알면 병만 된다.

"말하지 마. 말하지 마. 말하면 죽여버릴 거야. 말하지 마!"

"아냐, 말해야 할 것 같아."

"말하지 말라고!"

친구들은 내가 강한 줄 알고 있지만 사실 나는 그렇게 강한 아이가 아니다. 친구들의 사소한 말도 그냥 잊지 못한다. 무슨 뜻이었을까, 왜 그런 말을 했을까 생각하고 또 생각하고, 곱씹고 또 곱씹는다. 숱한 말들이 머릿속에서 닳아 없어질 때까지 오랫동안 괴로워한다. 하지만 애들이 그걸 알 턱이 없다. 귀를 막고 싶다.

"뭔데?"

궁금함을 못 참는 상희가 물었다.

"세라가 경미더러 돼지라고 했어. 시끄러운 돼지."

"뭐?"

아이들 넷이 동시에 소리를 질렀다. 돼지라는 단어가 들리는 순간 심장이 멈추는 것 같았다. 내가 제일 싫어하는 단어가 돼지인데, 친구라는 애가 그런 말을 했다니······. 이래도 되나? 친구가? 이해가 안 된다. 아니, 이해하기 싫다. 앞으로는 세라 이름만 들어도 살이 떨릴 것 같다.

"아, 진짜, 나 오늘 기세라 가만히 안 둔다."

나도 모르게 입술을 깨물었다. 뺨 위로 눈물이 흐르는 게 느껴졌다. 바보같이 눈물이 뭐람. 그깟 돼지 소리가 뭐 어때서. 어릴 때부터 귀에 못이 박히도록 들어왔던 소리인데 그게 뭐라고. 돼지 같아도, 뚱뚱해도, 내가 내 인생 즐기며 살아가면 그만이다. 그런데 왜 옆에서 가만히 두질 않는지 모르겠다. 내가 살찌는 데 보태준 거라도 있나? 내 살을 빼주지도 않을 거면서 왜 남의 인생에 이러쿵저러쿵 참견하냔 말이다.

'니들 인생이나 똑바로 살아!'

이런 생각을 하다 보니 눈물이 멈추질 않았다.

"경미야, 울지 마."

아라가 어쩔 줄 몰라 했다.

"울지 마~. 미안해."

수은이도 울먹였다.

"누구는 이렇게 돼지같이 뚱뚱하고 못생기게 살고 싶어 사는 줄 알아? 아! 나 진짜 인생 더러워서 못 살겠네. 왜 가만히 있는 나를 놀려대는지 모르겠어. 진짜 확 죽어버리고 싶어."

흐느낌이 통곡으로 바뀌었다. 친구들 앞에서 이렇게 우는 건 처음이다. 아이들의 얼굴에 당혹감이 묻어있는 게 보였다. 아이들은 내게도 눈물이 있다는 걸 몰랐던 걸까? 나도 사람이다. 나도 여자다. 아이들이 놀릴 때마다 마음속으로는 펑펑 울었지만 이를 악물고 참으며 살았다. 마음속에서 눈물이 치솟으려 할 때면 더 큰 목소리와 더 센 욕으로 그 눈물을 막아왔다. 그런데 친한 친구마저 이렇게 뒤에서 나를 놀렸다니 앞으로 나는 누굴 친구로 생각해야 할까? 세상이 무서운 곳이라는 생각이 들었다.

"경미야! 괜찮아. 우리가 있잖아! 응? 야! 마음이 예뻐야지. 세라처럼 겉만 번지르르하면 뭐해? 인성이 맛이 갔는데!"

나를 위로하려 애쓰는 수은이의 말을 들으니 멈춰가던 눈물이 다시 솟아오르려 했다.

이번에는 자기 차례가 되었다는 듯 아라가 말하기 시작했다.
"사실 세라가 나한테는 수은이 애길 했어."
"뭐? 나? 헐~, 뭐라고?"
수은이가 긴장되는지 아라의 눈을 뚫어지게 쳐다봤다. 또 어떤 이야기가 나올지 궁금해 나도 수은이에게 집중했다.
"네가 남자애들한테 웃음 흘리고 어장 관리한다고."
진짜 대박이다. 와, 이젠 말도 안 나온다.
"뭐라고? 얘는 입이 썩었냐? 아, 진짜 열 받네! 악!"
이번에는 수은이가 소리지르며 머리카락을 움켜쥐고 잡아 뜯었다.
"내가 무슨 어장관리를 한다고 그래?"
"내가 보기엔 네가 남자애들이랑 친하니까 질투하는 것 같은데. 암튼 네가 동호도 좋아하고 또 우리 반 남자애들이 다 너 좋아하게 하려고 꼬리 친다고 엄청 까더라고."
수은이의 얼굴이 구겨졌다.
"웃기고 자빠졌네!"
듣다 보니 어이가 없어 탄성처럼 내뱉은 내 말에 심각했던 아이들이 또 한 번 까르르 웃었다.
"뭐야, 그럼? 세라는 모든 남자애들이 자기를 좋아해야 한다는 거야, 뭐야?"

상희의 말에,

"그런가 보지. 어이가 없다. 답이 없네."

유희가 고개를 좌우로 흔들며 말했다.

"암튼 그래서 수은아······."

아라가 아직 할 말이 남았는지 수은이를 부르더니 말했다.

"나도 세라가 혼자 이야기하는데 가만히 있기 그래서 맞장구쳤어. 미안해."

아라의 말에 수은이가 양쪽 어깨를 들었다 내리며,

"괜찮아. 친구가 무슨 말 하면 대꾸하는 게 당연하니까. 일부러 그런 게 아니잖아."

아라는 마음이 놓인다는 듯 어색한 미소를 지었다.

이야기가 다 끝난 줄 알았는데 집게손가락으로 바닥에 원을 그리고 있던 수은이가 말했다.

"나한테는 상희도 깠어."

"에휴, 진짜 골고루도 했다."

"그러게."

"진짜 양파야? 까도 까도 계속 나오게."

"그러니깐."

아이들의 말에, 상희가 수은이에게 물었다.

"뭐랬는데?"

"응, 네가 페메에 셀카 올린 거 보고 못생긴 게 예쁜 척한다고 하고……."

"헐~."

"얘 뭐냐?"

"질투야?"

"그런가 봐~."

상희의 얼굴이 점점 어두워졌다. 근데 그 모습을 보며 마음 한구석이 뭔가 시원해지는 이 느낌은 뭐지?

"그리고?"

"그리고 남친이 돈 많은 줄 알고 물었는데 돈 없으니깐 자랑도 못 하고 몰래 만난다고 그러고."

"헐, 대박이다."

"이 정도면 말종이네."

"그러게."

"또 있어?"

아이들은 이미 흥분의 절정에 달해있었다.

"그리고 틈만 나면 꼽을 주고, 제일 센 척하면서 우리를 맘대로 갖고 놀려고 한다고, 휘둘리는 우리가 바보 새끼들이라고 그러더라고."

"아우!"

"미친!"

"미쳤네!"

"그러게!"

유희와 아라가 동시에 소리를 질렀다. 나도 같이 화를 내며 상희를 살폈다. 기분이 많이 나쁠 텐데 상희는 입을 굳게 다물고 있었다.

"야, 상희야. 열 받지 않아? 뭐라고 말 좀 해봐!"

나라면 어이없고 황당해서 펄쩍 뛸 텐데 상희는 이상하리만큼 침착했다.

"응, 얘기할 상대도 안 돼."

"왜?"

"미친 똘아이인데 조용히 아웃시키면 되지. 화를 왜 내? 화내는 것도 아깝다."

"와, 역시!"

아이들이 탄성을 보내는 순간 나는 속으로 깜짝 놀랐다. 어쩌면 상희는 내 생각보다 훨씬 더 무서운 아이일지도 모른다. 어쩐지 상희에게서 느껴지는 포스가 예사롭지 않더라니. 이게 바로 고수의 모습인가 싶기도 하다.

"그럼 이제 우리 어떻게 할까?"

내가 상희에게 묻는 순간 창밖에서 후다다닥 하는 발걸음 소리가 들렸다. 우리는 모두 도둑질하다 들킨 것처럼 화들짝 놀랐다.

"아! 누군지 봐봐!"

상희의 말에 수은이가 창밖으로 가서 살펴보더니 여자애 두 명이 담요를 뒤집어쓰고 본관으로 달려가는 모습이 보였다고 말했다.

"야, 쟤들이 어디까지 들었을까?"

"누군데?"

"누군지 모르겠어. 담요로 가렸어."

서늘하고 날카로운 바람이 우리 사이를 스치는 것 같았다.

"에이, 몰라. 우리가 없는 말을 한 것도 아니잖아!"

나는 불안한 마음을 떨치려고 애써 밝은 표정을 지으며 말했다.

"맞아, 세라 걔도 알 건 알아야지."

"그래, 상처 주는 사람은 받는 사람이 얼마나 아픈지도 모르잖아."

"이번 기회에 좀 알아야지."

"맞아 맞아."

우리는 서로 맞장구치며 정체 모를 불안감을 달랬다.

"그나저나 종 쳤어?"

"아니, 곧 치겠다."

"얼른 교실로 가자!"

"그래."

"근데 세라 얼굴 어떻게 보니?"

"왜? 우리가 뭘 잘못했다고? 걔가 우리 얼굴을 못 봐야지."

"그렇지."

"그치."

우리는 불안함을 다정함으로 포장한 채 손을 잡고 교실로 갔다. 교실에선 세라가 외딴 섬처럼 홀로 엎드려 자고 있었다. 쓸쓸하게 엎드려 있는 세라를 보니 왠지 모를 통쾌함에 가슴이 찌릿했다.

'뿌린 대로 거두는 법이야, 기세라!'

나는 세라의 잠자는 뒤통수에 대고 속으로 외쳤다.

'야, 기세라! 넌 이제 아웃이야!'

10
난 이제 아웃이다
: 세라 :

집에 갈 땐 항상 상희랑 같이 갔다. 그런데 4월이 시작되면서 상희가 먼저 가는 날이 많아졌다. 차라리 그게 편하긴 했다. 3월 30일 월요일 아침, 상희가 나한테 욕하고 무시해서 더 이상 같이 다닐 마음도 없어진 터였다.

친구들은 점심시간에 나만 빼고 어딘가 다녀오더니 나와 눈이 마주치면 싸한 표정을 지으며 고개를 돌렸다. 그러고는 종례를 마치자마자 언제 간 지도 모르게 모두 교실을 빠져나가고 없었다. 왜 저럴까? 내가 무슨 잘못이라도 했나? 어젯밤 애들하고 연락할 때까지만 해도 아무렇지 않았다. 근데 오늘 이러는 이유가 뭘까? 어두컴컴한 밤길을 혼자 걷는 기분이다.

애들이 나를 뺀 시키려는 걸까? 설마 내가 보냈던 페메를 공유한 건 아니겠지? 자기들도 한 말이 있는데 그랬을 리가 없다. 어떻게 해야 할까? 일단은 모르는 척 말을 걸어볼까? 그래도 친군데 무슨 말이든 해 주겠지. 서둘러 핸드폰 전원을 켜서 단톡방에 톡을 남겼다.

🗩 얘들아, 벌써 간 거야?

평소 같으면 실시간으로 답이 올라오는데, 글 옆에 떠 있는 5라는 숫자는 지워지지 않고 그대로 남아 있었다. 이쯤 되면 작정하고 안 보기로 약속한 게 분명하다. 학원으로 가는 내 발걸음이 천근만근이었다. 그냥 학원 째야겠다. 친구들에게 개인적으로 페메를 보내기 시작했다.

🗩 유희야, 어디야? 학원 안 가면 나랑 신전 갈래?
🗩 수은아! 어디야? 혹시 나한테 섭섭한 거 있어?
🗩 아라야~, 집에 갔어?
🗩 경미야, 아이스크림 먹으러 갈래?

상희에게도 보낼까 하다가 관뒀다. 괜히 톡 보냈다가 이상한 욕이나 먹지 않으면 다행이지. 하지만 누구도 톡을 확인하지 않았다. 낭떠러지 위에 서 있는 것처럼 불안한 기분이다. 어떻게 해야 할까? 누구라도 한 번만 나를 불러주면 좋을 것 같은데 아무도 없다. 어디에 발을 디뎌야 할까? 아무리 생각해도 답이 안 나온다.

머리를 굴려봤다. 경미, 수은, 아라, 유희랑은 학교 끝나고도 계속 메시지를 주고받았지만, 상희와는 연락하지 않았다. 혹시 상희가 그걸 알고 나한테 연락하지 말라고 했을까? 이 상황에서는 그것밖엔 없을 것 같다. 저 애들은 상희에겐 꼼짝 못 했으니 상희가 나랑 말하지 말라고 했다면 그렇게 할 게 분명하다. 아무튼 끝까지 얄밉다, 진상희. 내가 뭘 그리 잘못했다고 나한테 이러는 걸까? 나랑 친해져서 우리랑 어울리게 된 주제에 이제 나를 빼려고 하다니. 양심도 없다.

그. 런. 데. 불안은 현실이 되었다. 학원을 빼먹고 집에 와서 저녁도 안 먹고 잠깐 잤다. 자고 일어나니 카톡에서 난리가 났다. 단톡방에 나를 초대해 계속 욕하고 몰아붙였다. 나오면 초대하고, 나오면 또 초대하면서 새벽까지 카톡방에 가둬두고 나를 괴롭히던 아이들은 실컷 욕하고 나서는 나가라고 했다. 바보같이 아무 말도 못 하고 나왔다. 내가 왜 그랬을까? 나도 하고 싶은 말은 다 해야 했는데……. 하기야 거기에 대고 무슨 말을 한들 믿었을까. 욕이나 더 먹지 않았으면 다행이었겠지.

근데 정말 바보 같았던 건 캡처도 못 하고 나왔다는 거다. 발등을 찍고 싶다. 어떻게 이런 실수를 할 수가 있나. 이런 상황에서 어떻게 캡처할 생각도 못 했는지 나 자신도 어이가 없다. 무서웠다. 궁지에 몰리니깐 아무 생각도 나질 않았다. 아이들의 말 한마디 한마디, 웃는 이모티콘, 동조하는 대답, 이 모든 게 화살처럼 날아와 내 마음에 꽂혔다. 이 많은 화살을 가슴에 꽂고 어떻게 학교에 갈까? 아이들은 계속해서 찔

러댈 텐데 말이다. 나를 아는 사람이 아무도 없는 곳으로 가버렸으면 좋겠다. 외국이든 세상이 아닌 곳이든, 어디든.

아침에 일어나 엄마에게 학교에 안 간다고 선전포고를 했다. 엄마도 이해해주리라 생각했다. 하지만 엄마는 오히려 화를 내며 얼른 학교에 가서 모든 일을 선생님께 말씀드리라고 했다. 어이상실이다. 엄마가 내 상황이면 학교에 갈 수 있을까? 세상에 내 편은 아무도 없다. 다 싫다.

어쩔 수 없이 가방을 메고 터덜터덜 학교에 갔다. 마음 같아서는 학교에 안 가고 바람처럼 사라져버리고 싶었지만 갈 만한 곳이 없었다. 오늘따라 학교가 너무 가깝다. 최대한 천천히 걸음을 옮겼다. 문득 남친 생각이 나 전화를 걸었는데 받지 않았다. 잠시 후 메시지가 왔다.

> 💬 네가 나한테 왜 연락해? 지수 없어. 꺼져.

'이건 또 뭐지?'
문자를 보내는데 심장 박동이 갑자기 빨라졌다.

> 💬 왜 그래?
> 💬 어제 얘기 다 들었어. 네가 날 어떻게 생각하는지. 어이없다. 너랑은 끝이야.

아! 놀랍도록 친절한 아이들이다. 내 남친에게 연락해서 끝내도록 해줬구나. 내가 했어도 됐는데 굳이 이런 일까지……. 잡고 있던 끈을 나도 모르게 놓친 기분이다.

'내가 뭘 어쨌다고 나한테만 이러는 건데!'

머리를 좌우로 흔들며 걷고 있는데 뒤에서 누가 불렀다.

"세라야!"

7반 연정이다. 연정이는 어디서나 튄다. 4차원이다. 그래서일까? 재밌기도 하고 엉뚱하기도 해서 가끔 기분 전환이 필요할 때 만나곤 했다. 같이 노래방도 가고 쇼핑도 하면 마음이 시원해졌다. 근데 오늘 저 모습은 도대체 어떤 스타일인지 모르겠다. 폭탄 맞은 것 같은 머리에 하늘색 아이섀도라니! 촌스러움의 극치다. 어떻게 저렇게 하고 학교에 올 생각을 했을까? 지금 이런 생각을 할 처지도 아니면서 별걱정을 다 하고 있다.

"응."

"너 목소리가 왜 그래?"

"아니야."

"아니긴 완전 풀이 죽었는데."

"응, 쪼금."

"그래, 이해해. 이렇게 큰일이 났는데 학교에 오는 너도 대단하다."

'큰일'이라는 말에 잊고 있던 불안감이 다시 몰려왔다. 더 이상 큰일 날 게 뭐가 있나 싶으면서도 온몸이 파르르 떨렸다.

"왜? 무슨 큰일?"

"내가 어제 점심시간에 과학실 쪽을 지나가는데, 웅성거리는 소리가 들려서 몰래 조용히 봤거든. 근데 너희 반 여자애들 말이야. 네 친구들이 다 모여 있더라고."

"응, 그래서?"

"근데 거기서 다 너를 까고 있더라니까? 대박이지 않니?"

가슴이 쓰라려 왔다.

"나를 깠다고?"

"응, 정확히는 못 들었는데 애들이 돌아가면서 네가 네 친구들한테 했던 말들을 하더라. 네가 인격장애라고, 미친X이라고 하질 않나. 어휴! 내가 깜짝 놀라서 가슴이 얼마나 두근거리던지."

"……."

연정이의 말을 어디까지 믿어야 할지 모르겠다. 어젯밤 애들이 나한테 한 걸 보면 그리고도 남았을 것 같지만 연정이가 평소에 거짓말을 많이 하다 보니 어디까지가 사실이고 어디까지가 거짓말인지 구별하기가 어려웠다.

"가만히 둘 거야? 안 억울해?"

할 말이 없었다. 내가 친구들을 깐 게 맞는데 뭘 어떻게 설명한단 말인가. 하지만 모두 내게 등을 돌렸으니 연정이만큼은 내 편이 되어주면 좋겠다.

"내가 억울하고 안 하고는 중요하지 않아. 이미 걔들은 나를 그런 아이로 만들어 놨잖아."

"야! 그래도 쫓아가서 네가 안 한 일은 안 했다고 하고, 뭐라도 밝히고 떳떳해져야 할 거 아냐!"

애써 누르고 있던 눈물이 다시 나오려고 했다. 상희가 아니라 나를 빼다니! 생각하면 할수록 화도 나고 속상하다. 슬프다. 그리고 억울하다. 왜 내가 당해야 하는지, 나를 무시하고 아이들에게 함부로 대한 상희도 있는데 왜 하필 나일까? 어느새 눈물이 입술까지 흘러내리고 있었다. 지나가던 아이들이 힐끗거리는 게 느껴졌다.

"연정아, 고마운데 나 그렇게 못 하겠어. 내가 어떻게 다섯 명하고 싸워."

"야! 이 답답아! 네가 안 싸우면 3학년 애들은 네가 친구 뒤통수나 까는 못된 계집애라고 생각할 거 아냐! 너 그렇게 살고 싶어?"

그 말을 듣는 순간 나는 멈춰서고 말았다.

"아니, 그렇게 살기 싫어. 근데 내가 어떻게 설명을 해……."

나도 모르게 흐느끼고 있었다. 내가 친구들에게 뒷담화를 한 건 친구들 사이에 더 깊이 들어가고 싶었던 것뿐이라고. 같은 무리라는 소속감, 더 친하다는 끈끈함을 느끼고 싶었던 것뿐이라고 어떻게 이야기를 하겠는가. 상희가 그냥 얄미웠던 것뿐이라고, 너무 화가 나서 그랬다고 솔직하게 말하면 아이들이 이해하고 받아줄까? 아니다. 말도 안 된다. 그럴 리가 없다. 연정이는 심각한 표정으로 나를 보더니 말했다.

"야! 너만 그런 게 아니라는 증거를 보여주면 되잖아! 카톡이든 페메든 뭐든! 이 바보탱이야!"

어느새 현관 입구까지 다 왔다. 그러나 교실로 올라갈 엄두가 나질 않았다. 내 머뭇거림이 느껴졌는지 연정이가 말했다.

"얼른 들어가자. 이럴 때일수록 당당해야 해. 내가 교실 앞까지 같이 가줄게."

"고마워."

그러나 교실이 가까워질수록 미친 듯이 가슴이 뛰어대기 시작했다.
'쿵쾅쿵쾅 쿵쾅쿵쾅'
심장 소리가 이렇게 크다는 사실을 오늘 처음으로 알게 되었다. 심장이 빨리 뛰는 속도만큼 팔다리도 같이 떨린다는 사실도.

조용히 뒷문을 열고 들어갔다. 소리 나지 않게 열었다고 생각했는데 문을 여는 순간, 얼음으로 얼려버리기라도 한 것처럼 교실이 조용해졌나. 수다를 떨던 여자애들뿐만 아니라 남자애들까지 힐끗거리며 수군거리는 게 느껴졌다. 아무렇지 않은 척 허리를 곧추세우고 시선을 내 자리에 고정한 채 똑바로 걸었다. 3m도 채 되지 않는 거리가 3km는 되는 것처럼 느껴졌다.

운동장 창가 쪽에 모여 있던 다섯 친구들이 슬쩍 쳐다보는 듯하더니 갑자기 큰소리로 웃었다. 기분이 나빴다. 왜 웃느냐고 묻고 싶은 마음이 굴뚝같았다.

"야! 내가 문제 하나 내볼까?"
경미의 말에 아이들이 호기심을 보였다.

"무슨 문제?"

"세상에서 제일 무서운 사람은?"

"뭔데?"

"뭐야 뭐야?"

남자애들도 궁금하다는 듯 경미네 무리가 모여 있는 곳으로 시선을 고정했다.

"야! 뜸 좀 그만 들이고 말해봐!"

"답 아는 사람 없어?"

그러자 상희가 손을 번쩍 들고 큰 소리로 말했다.

"저요! 저 답 알아요!"

상희의 말에,

"네, 진상희 씨. 대답해보세요!"

"네! 친구 뒤통수치는 사람이요!"

"푸하하!"

"킥킥킥킥!"

"맞네!"

아이들이 낄낄깔깔 과장되게 웃었다. 얼굴이 뜨거워졌다. 아이들이 모두 악마처럼 보였다. 까만 옷을 입고 까맣게 웃으며 내 심장을 까맣게 태우기 위해 모여 있는 악마.

이것은 시작에 불과했다. 영어 시간, 갑자기 유희가 손을 들고 질문했다.

"선생님!"

"응?"

"'뒤통수를 치다'가 영어로 뭐예요? 영어에도 그런 표현이 있나요?"

유희의 말에 아이들이 또다시 낄낄대기 시작했고, 영문을 모르는 영어 선생님은 황당하다는 표정으로 말씀하셨다.

"갑자기 왜 그런 걸 묻는데?"

"아니요, 갑자기 너~무 너무 궁금해서요."

눈치 빠른 영어 선생님은 대답 대신,

"얼른 본문이나 읽자. 시간 없어."

하고 넘어갔다. 아이들은 김이 샌다는 듯 야유를 보냈으나 영어 선생님은 꿈쩍도 하지 않았다. 이 정도를 다행이라고 해야 할까.

역사 시간, 진도가 빠르다며 선생님이 자습을 시키는 바람에 아이들은 친한 아이들과 자리를 바꿔 앉아 이야기하며 놀았다. 평소 같으면 누구보다 이 시간을 좋아했겠지만 지금은 지옥 같았다. 혼자 멀뚱멀뚱 앉아 있으려니 답답하고 어색해서 엎드려 자는 척했다. 엎드린 지 5분이나 되었을까. 갑자기 책상이 뒤로 쑥 밀렸다. 고개를 들어보니 경미가 지나가면서 커다란 엉덩이로 책상을 밀고 있는 게 보였다.

"뭘 꼬나봐? 지나가다 보면 좀 닿을 수도 있지."

경미가 위에서 내려다보며 말했다.

"안 꼬나봤는데."

당당하게 큰 소리로 말하고 싶었지만 나도 모르게 목소리가 기어들어 갔다. 자존심 상했다. 경미에게 약한 모습을 보인 나 자신이 싫었다. 나와 경미를 지켜보던 수은이가 한마디 보탰다.

"와~, 죽지 않았어. 역시 이름대로 기가 세네, 기세라."

나는 다시 책상에 엎드리고 말았다.

"그러니깐. 기가 이렇게 셀 줄 알고 이름도 그렇게 지었나 봐. 대박이다."

"그러게."

"생각해 봐. 어지간한 강심장 아니면 같이 노는 친구들을 그렇게 까겠어?"

"맞아 맞아."

"그러고 보면 이름도 바꿔야 하지 않을까? 강심장으로?"

"강심장? 푸하하! 어울려, 어울려."

"근데 성을 바꾸면 성희롱 되는 거 아냐?"

"무슨 상관이래? 강 씨든 기 씨든, 산이든 물이든. 크크크크."

상희와 경미를 중심으로 유희와 수은, 아라는 똘똘 뭉쳐서 쉴 새 없이 떠들어댔다. 역사쌤이 조용히 시키지 않았더라면 이야기가 어디까지 흘렀을지 상상만 해도 아찔하다.

가장 문제가 되는 것은 화장실이었다. 물도 안 마시는데 화장실은 꼬박꼬박 가고 싶어졌다. 최대한 버티다 화장실에 갔는데 복도에서 마주치는 아이마다 나에게 레이저를 쏘아대는 것만 같았다. 도망치듯 화장실로 들어가 손을 씻었다. 거울을 보며 화장을 고치던 다른 반 여자애 둘이 서로 눈짓을 하며 나를 쳐다보는 게 느껴졌다.

내가 쳐다보자 둘은 밖으로 나가면서 말했다.

"야, 멀쩡하게 생겨서 왜 그런 짓을 했대?"

"그러게 말이야. 지가 세상에서 제일 잘난 줄 알았나 보지, 뭐. 3학년 애들을 전부 다 깠다는 게 말이 돼?"

나는 수도꼭지를 잠그는 것도 잊고 한참 동안 멍하니 서 있었다.

'내가 3학년 전체 아이들을 깠다고? 내가? 말도 안 돼. 근데 어떻게 하루 사이에 나도 모르는 애들까지 내 얘길 다 알고 있는 걸까?'

거울을 보고 있는 눈에서 눈물이 흐르고 있었다. 눈물이 먼저인지 생각이 먼저인지도 이젠 모르겠다.

'이 아이들이 내 얘길 어디에 어떻게 한 걸까?'

페북에도 올렸을까? 어젯밤 나를 카톡방에 감금하고 나서 페북에도 올렸을지 모른다. 그렇다면 우리 학교에 다니는 아이들 모두 알게 되었을 거다. 맙소사, 더 이상 이 학교에 못 다니겠다. 이제 수습할 방법은 없다. 이제 와서 내가 친구들에게 찾아가 미안하다고 해도 받아줄 리 없고, 나 또한 그렇게까지 하고 싶지도 않다. 도저히 용서할 수 없다.

같이 먼지를 뒤집어쓰고 놀았으면서 자기들은 깨끗한 것처럼 나한테 손가락질하다니! 나도 내가 한 일이 있으니 양심의 가책은 충분히 느끼고 있다. 미안한 마음, 잘못했다는 마음 때문에 괴롭단 말이다. 하지만 저 애들이 나한테 이렇게 모질게 대하니깐 자꾸만 억울하고 원망스러운 마음이 든다. 저 아이들도 나랑 똑같이 당했으면 좋겠다는 바람마저 생긴다. 그러면서도 한편으론 내가 어쩌다 이런 마음까지 갖게 되었는지, 나 또한 악마가 되어 가는 것 같아 괴롭기 그지없다.

친구들과 사이가 좋을 때는 국어 시간이 가장 좋았다. 모둠별로 4명씩 모여 토론도 하고 책도 읽고 다양한 활동을 했는데, 수은이, 경미까지 같은 모둠이라 선생님 눈치봐 가면서 이야기도 하고 꿀잼이었다. 하지만 오늘은 지옥 같다. 수은이, 경미와 마주 보고 앉아 있는데 둘은 나를 쳐다보지도 않는다. 물론 나도 둘을 보고 싶은 마음이 눈곱만큼도 없다. 둘이서 신난 것처럼 시시덕거리고 다정한 척하는 모습은 정말 밥맛이다. 딱 봐도 보인다. 일부러 더 친한 척하고 재밌는 척하는 게 정말 유치하다. 하지만 우습게도 그 유치한 짓에 마음이 눌리고 세상마저 꺼지는 것 같다. 왜 하필 나에게 이런 일이 생겼을까? 비참하다. 이 공간에서 사라져버렸으면 좋겠다.

평소에는 학습지로 수업해서 책을 안 꺼내왔는데, 선생님이 갑자기 교과서를 펴라고 하셨다. 책상 속에서 국어책을 찾아봤지만 보이지 않았다. 마음이 급해졌다. 사물함에 가서 사물함을 뒤졌다. 분명히 책상 속에 넣어두었던 책이 사물함에 꽂혀 있었다. 얼른 책을 집어 들고 모둠 자리에 가서 앉았다.

책상 위에 책을 올려둔 나는 책에서 눈을 떼지 못했다. 아니, 뗄 수 없었다. '국어'라고 쓰여 있어야 할 곳에 누군가 네임펜으로 국어의 'ㄱ'

을 'ㅈ'으로 바꿔두었다.

'죽어!'

가슴에서 불이 일었다. 그 불이 온몸으로 퍼져나가며 나를 태우고 있었다. 뜨거웠다. 이글거리는 눈을 들어 앞에 앉은 수은이와 경미를 쳐다봤다. 둘은 나와 눈이 마주치자 야릇한 미소를 짓더니 수은이는 고개를 돌려 시선을 피하고, 경미는 눈을 크게 떠서 부라리며 나를 쳐다보더니 선생님을 향해 몸을 돌렸다.

속절없이 흘러내리는 눈물 때문에 나는 책상에 엎드리고 말았다. 어깨가 들썩거렸다. 나의 세상이 온통 흔들렸다. 내가 정말 죽기를 바라는 걸까? 원하는 대로 해줘 버릴까? 그러면 오늘의 일을 후회할까? 후회하며 지금 내가 흘린 눈물보다 더 많은 눈물을 쏟을까? 과연 그럴까……? 선생님이 나를 부르는 소리가 들렸지만 고개를 들지 못했다.

"세라야! 일어나서 실명 들어아지!"

"세라야?"

나를 부르는 선생님의 목소리가 커질수록 내 흐느낌도 커졌다. 선생님이 내 등 뒤에 서서 묻는 소리가 들렸다.

"세라, 무슨 일 있어?"

"아니요."

당당하게 대답하는 경미의 목소리가 끔찍했다.

"세라야. 세라, 잠깐만 일어나서 선생님 따라올래?"

아이들에게 눈물 번진 얼굴을 보이기 싫어 고개를 숙인 채 국어쌤을 따라 복도로 나왔다. 선생님과 내가 나오자마자 교실은 다시 시끄러워졌다.

'너희들 어디까지 할 거니?'

가슴이 파르르 떨렸다. 그리고 지금 내 곁에는 아무도 없다. 나는 친구들에게 아웃당했다.

11

내겐 너무 어려운 여자애들

: 동호 :

"야! 무슨 일이야?"

세상의 모든 일이 다 궁금한 경수가 저쪽에서 물었다. 세라와 같은 모둠인 동민이가 고개를 돌려 말했다.

"세라 국어책에 '죽어'라고 쓰여 있었어."

순간 교실에 정적이 흘렀다. 나는 책을 집어 들어 책상 위에 쾅 내리치며 말했다.

"야, 누구냐? 너무 하는 거 아니냐?"

나도 모르게 경미와 수은이 쪽을 쳐다봤나 보다. 경미가 버럭 소리를 질렀다.

"왜 이쪽을 쳐다보고 그래?"

"누가 너보고 했대? 누가 했냐고 물어보는 거 아냐!"

경미가 한 짓이 분명하다. 그렇지 않으면 저렇게 화낼 리가 없다. 아무튼 경미 쟤는 목소리도 쓸데없이 크고 성격도 거칠고 볼수록 비호감이다. 내가 경미를 노려보고 있는 사이 수은이가 태연하게 말했다.

"그걸 우리가 어떻게 알아? 귀신이 그랬나 보지."

수은이는 그래도 착한 줄 알았는데, 지금 보니 수은이나 경미나 상희나 다 똑같다. 세라를 못 잡아먹어 안달 난 아이들처럼 보인다.

"누가 했든 맞는 말 했네, 뭐."

선생님이 안 계신 틈을 타 매니큐어를 바르던 상희가 큰 소리로 말했다.

'친구한테 죽으라고 한 게 맞는 말이라고?'

정말 답이 없는 애다.

"누가 너한테 그렇게 말해도 그런 소리 하겠냐?"

"왜? 틀린 말 했어? 너는 여친도 있다면서 세라까지 신경을 다 쓰고 그러냐? 네 여친도 이 사실 알아?"

애초에 저런 애와 말을 섞는 게 아니었다.

"됐다. 너 같은 애랑 말한 내가 잘못이다. 아~, 재수 없어."

내 말이 채 끝나기도 전에 상희가 자리에서 일어나더니 책상 위에 있던 필통을 나에게 던졌다.

"탁! 터러러럭."

내 팔을 맞힌 필통이 바닥으로 떨어지면서 필통 속의 펜이며 연필이 바닥에 굴렀다. 얼굴이 뜨겁게 달아올랐다. 아, 이걸 진짜. 내가 화낼 줄 몰라서 참는 줄 아나?

"야!"

소리지르며 상희를 향해 다가가자 경수와 몇몇 애들이 말렸다. 상희는 그러거나 말거나 아랑곳하지 않고 계속해서 매니큐어를 바르고 있다. 와, 저 천연덕스럽게 앉아 있는 꼴이라니. 저것은 인간인가 짐승인가? 당장 가서 한 대 치고 싶은 마음이 굴뚝같았지만 똑같은 사람 되기 싫어서 참았다.

쟤는 도대체 무슨 배짱인지 이해가 안 된다. 여자애들은 뭐가 이렇게 복잡한지 도무지 모르겠다. 어젯밤에 난데없이 단톡방에 초대해서 세라를 괴롭히는 걸 보고 질려버렸다. 친한 친구를 그렇게 한순간에 보내버리다니. 내가 지금 왜 이렇게 속상한지 모르겠다. 그저 수은이마저 세라에게 매몰차게 대하는 걸 보고 실망했다고나 할까. 모르겠다. 세라가 불쌍하다는 생각만 든다. 어떻게든 도와주고 싶다.

내가 세라였다면 아마 오늘 학교에 오지 않았을 거다. 근데 세라는 꿋꿋하게 학교에 나왔다. 그러고 보면 세라도 대단하다. 애들 말로는 세라가 자기 친구들을 까고, 반 친구들도 까고, 3학년 전체를 다 깠다고 하는데, 진짜로 깠는지 안 깠는지 아는 사람도 들은 사람도 없는 것 같다. 소문뿐이다. 그런데도 애들은 함께 욕할 대상이 생겨 신이 났다. 이런 상황이 못마땅하지만 그렇다고 내가 딱히 해줄 것도 없다. 그러니 답답할 수밖에.

여자친구인 현지만 해도 그렇다. 뭐가 그렇게 궁금한지 어젯밤에 전화해서는 세라에 대해서 물어보고 나쁘다는 둥 세라 친구들이 불쌍하다는 둥 별소리를 다 했다. 그리고 아침부터 우리 반으로 와서는 세라가 학교에 왔는지 묻고 갔다. 직접 보고 듣지도 않았으면서 심지어 잘 알지도 못하면서 남의 이야기에 왜 이렇게 관심이 많은지 당최 모르겠다.

남자들이라면 한바탕 싸우고 화해하거나, 그냥 모르는 척하고 다른 친구들하고 지낼 텐데. 여자애들은 말을 만들어서 일을 눈덩이처럼 키운다. 어쨌거나 국어책에 그런 장난을 해놓은 애가 누군지 몰라도 이건 진짜 나쁜 일이다. 누군지 알면 주먹 한 방 날려버릴 텐데 안타깝다. 세라가 꿋꿋하게 잘 버텼으면 좋겠다. 그게 이기는 거라고 얘길 해주고 싶은데 보는 눈들이 워낙 많아 말도 편하게 못 해주니 안타깝기 짝이 없다.

12

진실을 쓰라고?

: 상희 :

국어쌤은 교실로 돌아와서 다시 수업을 시작했다. 하지만 세라는 국어 시간이 끝난 후에도 교실로 오지 않았다. 궁금했다. 세라는 어디에서 뭘 하고 있는지. 애들도 궁금했는지 수업끝 종이 울리자마자 유희, 경미, 수은, 아라가 내 주변으로 모여들었다.

"야, 세라 교무실에 있겠지?"

나를 보며 묻는 경미의 눈빛이 흔들렸다.

"그러겠지, 뭐."

나도 모르게 퉁명스럽게 말했다.

"무슨 이야기를 할까? 우리 얘기할까?"

수은이도 걱정스러운 말투로 물었다. 그러자 유희가 큰소리로 말했다.

"우리 얘길 왜? 뭘 잘했다고? 할 얘기는 우리가 더 많잖아. 안 그래?"

아라와 수은, 경미가 연신 고개를 끄덕였다. 겁에 잔뜩 질린 아이들의 눈동자가 언젠가 시장에서 봤던 생선 눈깔처럼 보였다.

'나더러 지금 너희들을 달래주기라도 하란 말이야, 뭐야?'

"가서 어떤 상황인지 잠깐 보고 올까?"

경미가 내 눈치를 보며 말했다.

"응! 우리 같이 가보자. 그냥 지나가는 척하면서 보면 되잖아!"

수은이의 말에 아이들은 우르르 밖으로 나갔다. 마치 불구경이라도 가는 것처럼 정신없이. 나도 천천히 뒤따라갔다.

'어휴, 저 못난이들.'

경미가 뒤뚱거리며 뛰는 뒷모습을 보고 있으니 한숨이 절로 나왔다. 어쨌거나 세라 그 계집애가 선생님 앞에서 어떤 쇼를 하고 있나 구경이나 하자는 생각에 교무실로 향했다. 교무실 앞은 이미 북새통이었다. 교무실 앞문, 뒷문은 말할 것도 없고 창틀에 올라간 애들까지 있었다.

"야! 무슨 일이야?"

경미가 안을 들여다보고 있는 아이에게 물었다.

"응, 너희 반 기세라 말이야. 울고 있다는 이야기 듣고 왜 우는지 궁금해서……."

"무슨 얘기 하는지 들려?"

"안 들려. 계속 우는 것 같아."

경미와 수은, 유희가 아이들을 비집고 문 쪽으로 최대한 가까이 다가가서 문틈으로 교무실 안을 살폈다. 뭘 봤는지 경미가 뒤로 돌아서서 나에게 손짓을 했다.

"상희야! 이리 와 봐."

자기가 올 것이지 어디서 오라 가라야. 나는 인상을 쓰고 다른 곳을 쳐다보는 척했다. 그러자 경미는 두꺼운 몸으로 아이들을 밀쳐가며 내 옆으로 왔다.

"세라는 담임쌤 옆에 딱 달라붙어 앉아 화장지로 코를 닦으면서 뭔가를 이야기하고 있고, 담임쌤은 심각한 표정으로 세라 등을 토닥이고 있어. 기세라, 피해자 코스프레하고 있는 거 아냐? 쟤 원래 쌤들 앞에서는 엄청 착한 척하잖아."

경미는 화가 나는지 작은 눈을 크게 뜨며 목소리를 높였다.

"아우! 재수 없어! 연기학원에 가면 최우수 학생으로 뽑힐 정도네! 학교는 왜 다닐까? 연기나 배워보지!"

경미의 큰 목청에 아이들의 시선이 경미에게 향했다.

"야, 그렇지 않아? 어이없어! 할 말은 우리가 더 많은데 왜 자기가 먼저 울어? 울어도 우리가 울어야지! 안 그래, 얘들아?"

경미의 말에 쭈뼛거리며 서 있던 유희와 아라가 고개를 끄덕이며 대답했다.

"그러게 말이야. 완전 어이없다."

경미 목소리가 너무 컸을까? 갑자기 문이 열리면서 국어쌤이 나왔다.
"야! 무슨 구경났다고 이렇게 몰려와서 야단이야? 빨리 교실로 가!"
국어쌤의 표정과 말투가 심상찮음을 느낀 아이들이 우르르 교실로 향했다. 하지만 호기심 덩어리 경미는 열린 문틈으로 교무실 안을 들여다봤다.
"야! 유경미! 너 빨리 안 가? 뭐 하는 거야?"
"아, 진짜. 간다고요. 가요, 가!"
경미는 툴툴대며 발을 쿵쿵 찍으면서 우리를 따라 걸어왔다. 마치 킹콩이 따라오는 것처럼 땅이 울렸다. 수은이와 유희가 킥킥거렸다.
"경미 너, 진짜 웃겨!"
"웃기긴 뭐가 웃겨! 나 조금 전에 교무실 안 들여다보다가 세라랑 눈 마주쳤거든?"
"진짜?"
"응."
"근데……."
"왜?"
"기세라가 나랑 눈이 마주치니깐 확 째려보는데 진짜 눈에서 불화살이 튕겨 나오는 줄 알았잖아. 완전 무서운 거 있지. 아! 다시 생각해도 소름 끼쳐."
경미의 호들갑도 갑 중의 갑이다.
"야! 세라가 쳐다봐 봤자 얼마나 무섭다고 그렇게 호들갑이야? 너는 그 뻥 치는 버릇 좀 고쳐야 해."

내 말에 경미는,

"진짜라니까. 완전 무섭게 쳐다봤어. 오늘 밤 꿈에 나올 것 같아. 아~, 무서워!"

경미는 온몸을 부르르 떠는 시늉을 했다.

"내버려둬. 원래 그런 애잖아. 어떡하겠어?"

내 말에 경미가 갑자기 목소리를 낮춰 속삭이듯 말했다.

"근데 담임이 우리가 책에 낙서한 거 알면 어떡해?"

경미의 말에 유희와 아라가 화들짝 놀라며 물었다.

"뭐? 네가······."

유희가 말을 이으려고 하는데 경미가 유희의 입을 막았다.

"야! 쉿! 아, 이런. 내가 미리 말을 못 했는데······."

입방정 경미가 또 이상한 이야기를 할 것 같아 나는 얼른 경미의 말을 끊었다.

"야, 우리가 하긴 뭘 했다고 이래? 안 그래, 경미야?"

"어? 응, 맞아. 아무것도 안 했어."

경미는 내 반응에 당황하며 얼른 대답했다.

"우리는 다 같이 친하게 놀다가 세라가 자꾸 우리 뒷담화를 하고 맘이 안 맞아서 자연스럽게 갈라진 것뿐이야. 안 그래? 그 외엔 아무 일도 없었어. 그치?"

나는 아이들 한 명 한 명과 눈을 마주치며 확인하듯 물었다. 그러자 아이들은 약속이나 한 듯 대답했다.

"응! 그럼~!"

그렇지. 우리가 뭘 했다고. 더구나 나는 정말 아무것도 한 게 없다. 없고말고.

수업 시작을 알리는 종이 울리자 아이들이 뿔뿔이 흩어져 자리로 돌아갔다. 가만히 보니 경미가 안절부절못하고 있었다. 아무래도 애들에게 말하고 싶어서 미칠 지경인가 보다.

'경미야, 너 입조심 해라. 다칠라.'

마음속으로 이렇게 말하며 경미의 뒤통수를 뚫어지게 응시했다. 유희와 수은이 쪽을 자꾸 쳐다보는 경미의 뒷모습이 몹시 위태로워 보였다. 아라를 쳐다보며 입 모양으로 뭔가 말하려던 경미의 눈과 내 눈이 마주쳤다. 나는 최대한 친절하게 미소 지어 보였다. 물론 속으론 이렇게 생각했다.

'경미야~! 이건 네가 한 거야. 그냥 너도 그렇게 생각해. 그래야 편할 거야.'

7교시 끝을 알리는 종이 울리자마자 담임쌤이 교실로 들어오셨다.

"자~! 오늘은 청소 안 하고 바로 집에 갈 거야."

"와!"

"앗싸!"

담임쌤의 말에 아이들은 이게 웬 횡재냐며 환호했다.

"잠깐만!"

가방을 주섬주섬 챙기며 들떠 있던 아이들이 담임쌤을 쳐다봤다.

"상희, 수은, 유희, 경미, 아라는 잠깐 남아줄래?"

아이들은 저마다 핸드폰을 챙겨 들고 교실을 나서는데 우리만 남으라고 하다니! 경미는 입이 퉁퉁 부었다.

"왜 저희만 남아요?"

경미의 질문에 담임쌤은 아무 말도 하지 않았다.

"아~! 일찍 끝나서 웬일인가 했는데 이게 뭐야."

경미가 계속 툴툴거렸다.

"왜 저희만 남아요? 세라는요?"

우리를 붙잡고 무슨 이야기를 하려고 저러나 싶어 짜증이 났다.

"아, 진짜. 저희도 바쁘다고요. 왜 세라 때문에 저희가 남아야 하는데요!"

유희가 소리를 질렀다.

"그래, 너희 바쁜 거 알아. 학원도 가야 하고. 그래도 잠깐만 이야기 좀 하자."

"기세라는 잘못은 자기 혼자 다 해놓고 울어서 사람 피곤하게 하고 난리야."

수은이가 짜증 난다는 듯 말했다.

"일단 다섯이 자리를 멀리 떨어져서 앉아보자."

담임쌤의 말에 아이들은 눈치를 보며 듬성듬성 떨어져서 앉았다. 쌤은 종이와 모나미 볼펜을 한 자루씩 나눠주셨다.

사. 실. 확. 인. 서.

사실 확인서였다. 이 다섯 글자를 보는 순간 나는 짜증이 폭발하고 말았다. 책상 위에 볼펜을 집어던지며 말했다.
"진짜 짜증 나네. 이게 뭐예요? 왜 우리가 이딴 걸 써야 하는데!"
담임쌤의 얼굴은 처음 교실에 들어왔을 때와 다름없이 딱딱한 표정 그대로였다. 무슨 생각을 하고 있는지 짐작하기 힘들었다.
"얘들아, 쓰기 싫어도 너희와 세라 사이에 어떤 일이 있었는지 솔직하게 한 번 적어보자."
"그니깐 이걸 왜 우리만 쓰냐고요. 세라는 어디 갔는데요?"
성격 급한 경미가 참지 못하고 또 말했다. 선생님의 얼굴에서 핏기가 사라졌다. 선생님은 마치 로봇이라도 되는 양 입술만 움직이며 말했다.
"세라도 쓸 테니깐 걱정하지 말고 일단 너희들 먼저 써 봐. 너희 여섯, 원래 친했잖아? 안 그래? 근데 오늘 갑자기 이상한 일이 생겼어. 물론 친하다가 멀어질 수도 있고 싸울 수도 있어. 근데 누군가가 아프고 힘들어하면 그 과정을 들여다봐야 하지 않을까? 세라도 속상한 부분이 있을 테고, 너희들도 속상하고 서운한 부분이 있겠지. 어디서부터 잘못됐는지 선생님은 알고 싶어."

"이걸 꼭 글로 써야 해요? 저희가 말로 하면 되잖아요."

수은이가 말했다.

"아니, 써주면 좋겠어. 여럿이 말로 하면 선생님이 정리가 잘 안 될 것 같아. 선생님이 바라는 건 진실이야. 그냥 있는 그대로. 너희들 사이에서 있었던 일 그대로. 알겠지?"

"휴~."

나는 한숨을 내쉬고 볼펜을 움직이기 시작했다. 조용히 앉아 있던 아이들도 내가 쓰기 시작하는 걸 보고 쓰기 시작했다. 다섯 개의 볼펜이 빠르게 움직이다가 중간중간 한 번씩 멈추었다. 아이들의 생각이 정리되지 않은 게 분명하다. 아, 말을 좀 더 잘 맞춰놨어야 했는데 이미 늦은 것 같다.

고민하고 있는데 담임쌤이 또 말했다.

"오늘 국어 시간에 있었던 일 들었어. 책에 낙서한 거, 혹시 누가 그랬는지 알면 그것도 써. 어차피 밝혀질 사실이니 아는 대로 솔직하게 써줬으면 좋겠다."

선생님의 말에 경미가 나를 쳐다보더니 눈이 마주치자 움찔했다. 우리 사이에 아무 일도 없었던 거라고 말하긴 했지만 아까 쉬는 시간에 경미가 했던 말을 기억하고 다른 애들이 경미 이름을 쓸지도 모르겠다는 생각이 들었다. 그리고 경미도 나처럼 이렇게 생각한다면 아마도 내 이름을 쓸 게 분명하다. 아니, 경미라면 선생님이 굳이 솔직하게 써달라고 하지 않더라도 먼저 내 이름을 불어버릴 아이다. 의리라고는 눈곱만큼도 없는 아이, 틈만 나면 자기가 뭐라도 되는 듯 으스대는 아이, 그리고 무엇보다 깜냥도 안 되면서 내 자리를 넘보는 아이. 나는 저런 스타일도 딱 싫다.

눈물을 질질 짜서 일을 이 지경까지 몰고 온 세라에게 화가 나서 견디기 힘들었다. 사람 화나게 만들어놓고, 결국은 가장 피해자인 양 울고, 선생님 뒤로 숨어버리는 진상이다. 당당하게 맞설 용기가 없으면 조용히 찌그러져서 살 일이지 왜 가만히 있는 나를 건드려서 일을 이렇게 만들었을까? 어지간히도 미련하구나 싶다.

'항상 공주처럼 대접받고 살 거로 생각했다면 오산이야. 기세라. 이번 기회에 너도 당해봐.'

내가 세라에게 말을 거칠게 한 건 당연한 일이었다. 세라의 재수 없는 행동을 보고도 부드럽게 대할 사람이 어디 있겠는가? 바보 아니고서는 이 세상에 아무도 없을 거다. 나는 세라가 내 사진에 장난친 일, 남친 뒷담화했던 일들을 휘리릭 쓰고 창밖을 보며 앉아 있었다.

애들은 뭘 그렇게도 열심히 쓰는지 다들 심각한 표정으로 종이를 노려보다가 열심히 펜을 움직이고 있었다. 아예 다 불기로 작정한 듯한 표정들이었다.

'적당히 좀 써라.'

13
우정보다는 사랑이 먼저야
: 수은 :

아침 자습시간을 알리는 종이 울렸으나 세라는 학교에 오지 않았다.

"야! 쟤 왜 안 와?"

경미가 세라의 빈자리를 가리키며 물었다.

"야, 걔도 양심이 있으면 얼굴 들고 학교에 오겠어?"

내 말에, 경미는 이해가 된다는 듯 고개를 끄덕이며 속눈썹 뷰러로 속눈썹을 한껏 올렸다. 앞문이 열리면서 학생부의 박하경 쌤이 교실에 들어오셨다.

"뭐지?"

"우리 쌤은요?"

"왜 오셨어요?"

"우리 쌤 출장 가셨어요?"

아이들이 여기저기에서 질문했다. 선생님은 아이들이 차분해질 때까지 기다렸다 들고 온 종이를 아이들에게 나누어주기 시작했다.

"이게 뭐예요?"

경미가 종이를 받아 뒷자리로 넘기며 물었다. 박하경 쌤은 아무 말도 하지 않고 아이들을 살폈다. 그리고 모든 아이가 종이를 받자 이야기를 시작했다.

"자, 모두 종이 받았지?"

"네~!"

"그래, 너희 반에서 친구들 간에 문제가 있었다고 들었어. 그래서 선생님이 어떻게 된 일인지 정확하게 알고 싶어서 들어왔어. 누구와 관련된 이야기인지는 다 알지?"

"네~."

아이들이 세라의 빈자리를 바라보며 대답했다.

'아, 진짜 재수 없네. 이건 또 뭐야?'

짜증이 몰려왔다. 점점 복잡해진다. 내 마음을 읽고 있기라도 하듯 뒤쪽에서 상희가 말했다.

"아이, 진짜 재수 없어. 별걸 다 하게 만드네."

상희가 고개를 한쪽으로 삐딱하게 기울이며 박하경 쌤을 노려봤다.

"야! 진상희! 너 태도가 지금 그게 뭐야? 지금 선생님한테 한 말이니?"

교실에 정적이 흘렀다. 아이들이 설문지를 보는 척하며 토끼처럼 귀를 쫑긋 세워 박쌤과 상희의 대화에 집중하고 있는 게 느껴졌다.
 "아니요, 누가 쌤한테 그랬다고 그래요? 아, 진짜 어이없네."
 상희의 주특기가 또 나왔다. 찢어지는 듯한 날카로운 목소리로 화내면서 말하기. 박쌤은 미간에 주름을 만들어 얼굴을 찡그린 채 상희를 몇 초간 쳐다보더니 다시 말을 이어나갔다.

 "자, 지금부터 세라에 관해 여러분이 친구에게 들은 내용, 혹은 직접 들었거나 본 것, 그리고 세라 국어책에 낙서한 사람을 봤다면 그것도 모두 적어주세요. 쓸 내용이 있든 없든 무조건 앞면의 절반 이상은 다 채우도록 합니다. 쓸 게 없는 사람은 좋아하는 노래 가사를 쓰든 낙서를 하든 선생님이 그만 쓰라고 할 때까지 뭐든 모두 쓰세요. 무슨 말인지 이해하죠?"
 아이들이 고개를 끄덕였다. 아라와 유희, 경미와 눈짓을 주고받는데 아이들의 눈동자가 하나같이 흔들렸다. 흔들리는 눈동자들을 보니 내 마음도 흔들렸다. 이런 일로 흔들릴 내가 아닌데 왜 쫄리는지 모르겠다.
 딸각거리는 볼펜 소리가 교실을 가득 채웠다. 고개를 뒤로 돌려 나를 쳐다보려던 유희를 발견한 박쌤이 엄숙하면서도 차가운 목소리로 말했다.
 "자기가 보고 들은 것만 쓰면 되는데 다른 사람 걸 보려는 친구가 있네요! 고개 돌리지 말고 집중하세요!"
 가슴이 뜨끔했다. 아이들이 다들 너무 열심히 쓰고 있어서 불안했다.

'뭘 저렇게 열심히 쓸까?'

문득 우리가 세라 얘기를 반에서 얼마나 했었는지, 다른 친구들이 들었을 만한 일이 얼마나 있었을지 생각하다 보니 두려움이 몰려왔다. 그것보다 반 친구들이랑 다른 반 애들 몇몇을 단톡방에 초대하는 게 아니었다는 생각 때문에 괴로웠다. 상희가 그렇게 하라고 해서 한 건데, 그 일 때문에 완전 다 털리게 생겼다.

친구들은 지금 어떤 느낌일까? 불안하기는 누구나 마찬가지 아닐까? 상희라면 또 모를까……. 하지만 상희 저 계집애도 겉으론 아무렇지 않은 척하지만 아마 속으론 무서운 게 분명하다. 그렇지 않으면 저렇게 손톱을 물어뜯고 발을 떨 리가 없다.

그나저나 어쩌다 내가 이런 일에 휘말리게 되었는지 후회막심이다. 어차피 모든 일은 다 밝혀지는 법인데 그걸 알면서 왜 그랬을까? 지금 와 생각하니 나도 내가 이해가 안 된다. 아빠가 아시면 얼마나 화내실지 생각하니 가슴이 답답하다. 나한테 실망하실 텐데. 무슨 일이 있어도 다른 사람에게 상처 주는 일은 하면 안 된다고 귀에 못이 박히도록 말해왔는데……. 아빠 얼굴을 볼 자신이 없다.

어쩌면 나는 친구들과 한 몸이 된 듯한 끈끈함의 유혹에서 헤어 나오지 못했는지도 모른다. 그래서다. 조용하고 나서지 않는 성향을 지닌 아라, 왁자지껄 시끄럽지만 재미있는 경미, 야무지고 발랄한 유희, 카리스마 짱인 상희, 위트 있는 말을 툭툭 던지고 예뻐서 주변을 환하게 한 세라. 모두 나름대로 개성을 가진 친구들과 함께 어울리다 보면 두려울 게 없었다.

 순간의 잘못된 선택으로 세라가 이렇게까지 될 줄은 정말 몰랐다. 사실 세라와 그렇게 크게 부딪친 적은 없었다. 세라가 생각 없이 말을 뱉는 경향이 있긴 했지만 이렇게까지 궁지에 몰릴 정도는 아니었다.

 다만, 내 사랑 동호에게 침 바른 것이 문제였다면 문제였을지도. 그러고 보니 나도 정말 한심하기 짝이 없는 아이다. 남자 때문에 친구 뒤통수를 치다니. 휴~, 내 말에 아이들이 그렇게까지 큰 반응을 보일 줄 몰랐다. 다들 세라에게 조금씩 섭섭한 마음을 가지고 있었던 타이밍에 내가 동호 이야기를 해서 일이 이 지경까지 와버린 것 같다. 그래도 어쩔 수가 없었다. 아직 우정보단 사랑이 먼저였기에 내게 찾아온 첫사랑을 그냥 포기할 순 없었다.

 내 방법이 잘못되었다는 생각은 이미 충분히 하고 있다. 그래서 마음이 몹시 불편하고 무겁다. 이런 이유로 이 모든 일이 시작된 걸 알면 사람들이 나를 얼마나 한심하게 볼까? 생각만 해도 얼굴이 뜨겁다. 선생님에게도, 아빠에게도, 누구에게도 말할 자신이 없다. 근데 한편으로는 누군가에게 말하고 싶다. 말하고 나서 편안해지고 싶다.

 세라를 진짜 싫어했던 것은 상희였다. 상희는 세라를 생각하기만 해도 짜증이 치밀어 오른다며 입버릇처럼 말하곤 했다. 깔깔거리며 웃을 때 손으로 입을 가리는 게 고상한 척해서 싫다고 말했고, 남자애들에게 웃음을 흘리면서, 선생님들 앞에서는 얌전한 척하는 게 여우 같아 역겹다고 했다. 이런 생각에 빠져 있는데, 저쪽에서 갑자기 경미가 발을 동동 구르다가 선생님께 지적을 받았다.

"거기! 발 멈추고 조용히 써라!"

경미를 보니 수류탄을 삼킨 것처럼 두 볼이 빵빵한 게 터지기 일보 직전 같다. 나는 진지하게 쓰고 있는 동호의 옆모습을 힐끗 쳐다봤다. 몰입하고 있는 모습이 유난히 멋있게 보였다.

'뭘 저렇게 열심히 쓰지?'

문득, 동호가 지금 세라 편드는 말을 쓰고 있을지 모른다는 생각에 질투가 났다. 이상한 일이다. 동호의 여친인 현지한테는 질투가 1도 안 생기는데, 세라에게는 왜 이토록 질투가 나는지 알다가도 모를 일이다.

모를 일은 아니다, 알고 싶지 않을 뿐. 세라는 누가 뭐래도 예쁘다. 같이 길을 갈 때도 사람들이 세라를 쳐다보는 게 느껴지고, 화장품 사러 로드숍에만 가도 알바 언니들이 세라에게 인형 같다고 말하곤 해서 옆에 있는 내가 투명인간처럼 느껴지는 순간들이 많았다. 나도 어디 가서 못생겼다는 말보다는 예쁘다는 말을 더 많이 들었던 15년 인생이었다. 그런데 열여섯에 세라와 함께 다니면서 투명인간 취급을 당하니 적응도 안 될뿐더러 자존심도 상하고 자존감이 확 떨어졌다.

그런데 동호까지 세라에게 달달한 눈빛을 보내는 걸 본 순간 견디기 힘들었다. 분명히 동호가 나와 더 가까운 것 같은데, 가끔 세라와 얘기하면서 놀 때 보면 나랑 놀 때의 눈빛과는 확연히 다르다고 느꼈다. 뭐라고 해야 할까? 약간의 수줍음과 긴장감 같은, 묘하게 어색하면서 다정한 느낌. 그것 때문에 시작되었는지도 모른다, 이 모든 일은.

14
그래서 국어책을 죽어책으로 바꿔놨니?
: 담임쌤 :

아침 자습시간이 끝나가도록 세라의 자리는 비어있었다. 세라의 빈 자리에 자꾸만 눈이 갔다. 이런 내 시선을 느꼈는지 경미가 물었다.

"쌤! 세라 왜 안 와요?"

경미는 조금이라도 생각이 있는 아이일까? 그것도 모를 정도로 머리가 나쁜 아이가 아닌데, 왜 저렇게 물을까? 아무것도 모른다는 듯 해맑은 저 목소리는 어떻게 이해해야 할까? 대답 대신 경미를 뚫어지게 쳐다봤다. 그런 내 눈길이 부담스러웠는지 경미는 시선을 피했다.

"그러게! 완전 학교를 물로 보잖아! 안 오고 싶으면 안 오는 거야? 자기 맘대로네!"

상희가 다리를 꼬고 앉아서 아니꼽다는 듯 말했다. 상희의 말에 유희와 수은이도 눈을 마주치며 피식 웃었다.

"얘들아, 지금 힘들어서 학교에 못 오고 있는 친구에게 너희들이 할 말은 아닌 것 같지 않니?"

아이들의 비아냥거림이 느껴져 나도 모르게 톡 쏘았다. 조용히 책을 읽던 아이들이 나와 상희네 무리를 번갈아 가며 쳐다봤다.

"같은 반에서 생활하면서 밥도 함께 먹고 친하게 어울렸던 친구가, 친구들에게 버림받고 힘들어서 학교에도 못 나오고 있는데 꼭 그런 태도로 말해야 할까 싶은 생각이 든다."

수은이와 유희, 아라는 내 눈치를 살피며 고개를 숙이고 가만히 있는데, 상희의 눈빛은 날카롭게 바뀌었다.

"왜 쌤은 우리한테만 그래요! 걔가 먼저 우리 뒷담화를 했는데 왜 걔만 감싸고 도는데요! 걔만 쌤 반이에요? 걔는 혼자니깐 피해자고, 우린 가해자예요? 뭐 이딴 게 다 있어, 진짜! 짜증 나!"

상희가 나를 노려보고 있다. 상희의 거친 반응에 손이 부들부들 떨려왔다. 마음 같아서는 어디서 이런 식으로 말하냐고 소리라도 지르고 싶었지만, 화낸다고 능사는 아니다. 애써 마음을 가라앉히며 상희의 두 눈을 똑바로 쳐다봤다.

"일의 처음을 가지고 이러는 게 아니야! 상황이 벌어지고 난 후 너희의 태도를 말하는 거야. 처음 시작이 어떻게 됐는지는 세라가 와야 정확한 진실이 밝혀지겠지. 하지만 그것은 차치하고서라도 그 후 너희들의 행동을 돌이켜봐. 다섯이 한 명을 괴롭힌 것, 단톡방에 강제로 가

두고 폭언한 것, 분명한 왕따고 사이버 폭력이라는 건 너희도 이미 알고 있을 것 같은데, 안 그래?"

교실에는 숨소리도 들리지 않았다. 차가운 눈으로 나를 노려보던 상희도 할 말이 없는지 시선을 돌렸다.

"가슴에 손을 얹고 한번 생각해보자. 시작부터 끝까지 모두 세라가 100프로 잘못했는지. 정말 세라만 오롯이 다 잘못했는지 말이야. 한 번쯤은 입장을 바꿔서 생각해 볼 줄 알았으면 좋겠다. 친하게 지내던 친구들과 어느 날 갑자기 멀어지고, 학년 전체 친구들로부터 손가락질을 받는 게 바로 나라면, 그렇다면 기분이 어떨지 말이야. 상상만 해도 괴로울걸? 생각해봐. 얼마나 고통스럽고 두렵고 무서울지!"

교실이 침묵으로 가라앉았다.

학생부 박쌤과 함께 아이들이 쓴 진술서를 읽은 후 가슴이 먹먹했다. 착해 보이던 아이들이 이렇게 많은 소문을 만들어내고 그 소문은 또 다른 소문을 만들어내는 이 모든 과정이 안타깝기도 하고 무서웠다. 친하게 지내는 친구들 사이에서도 너 나 할 것 없이 서로 뒷담화하는 아이들의 문화도, 친구를 몰아내는 아이들의 냉정한 마음도, 그리고 거기에서 그치지 않고 괴롭히는 모습까지 모든 게 끔찍했다. 세라가 학교에 오지 않아 어제 말로 했던 진술밖에 없지만 큰 줄기는 이렇다.

1. 세라와 친했던 무리 여섯 명은 함께 어울리면서도 서로 뒷담화

를 수시로 했다는 사실.
2. 그 과정에서 늘 뒷담화를 먼저 시작했던 사람은 세라였고, 나머지 친구들은 그냥 동조만 했다는 상희네 무리의 주장.
3. 같이 있을 때면 다른 친구들이 먼저 뒷담화를 시작한 적이 더 많았다는 세라의 주장.
4. 세라가 친구들 뒷담화를 했다는 사실을 알고, 상희네 무리가 세라를 따돌리며 괴롭혔다는 사실.
5. 수요일 밤, 단톡방에 세라를 초대해서 감금하고 욕을 했다는 사실.

박 선생님, 학생부장님과 함께 이 내용을 함께 확인했다. 그리고 세라 부모님께 이 내용을 알려드리고 어떻게 처리하길 원하시는지 의견을 들은 후 절차대로 진행하기로 했다. 세라 어머니께 전화를 드렸다.

"어머님, 세라는 좀 어떤가요?"

"밥도 안 먹고 온종일 자네요."

걱정이 가득하신 듯 한숨을 내쉬며 잠긴 목소리로 말씀하셨다. 정리된 내용을 요약해서 말씀드렸다.

"선생님! 저는 정말, 그 애들을 용서할 수가 없네요."

"그러시겠지요."

"사실 친한 친구라고 집에 데리고 왔을 때부터 맘에 들지 않았어요."

"아, 네……."

"뭐랄까, 눈에 독기가 가득한 게 예쁘장하긴 한데 섬뜩하더라고요. 이 아이 환경은 어떤가요?"

"어머님, 아이의 환경은 제가 말씀드리기 어렵구요. 이 아이도 장점이 많은 친구인데 뭔가 마음이 서로 맞지 않아 일이 이렇게까지 된 게 아닐까 싶어요. 저는 어느 시점부터 친하던 관계가 어긋났는지 그 부분을 찾아서 이해하게 하고 서로 화해하고 관계를 회복시키는 게 먼저가 아닐까 하는 생각이 들어요. 근데 일이 시작된 지 하루 이틀 사이에 상황이 많이 깊어진 상태라 어떻게 될지 모르겠네요. 어머님 생각은 어떠세요?"

"저는 학폭으로 처리하고 싶네요. 그리고 우리 세라를 괴롭힌 아이들이 다 처벌받는 것을 보고 싶어요. 선생님, 왜 우리 아이만 이렇게 힘들어야 하죠? 괴롭힌 아이들은 신나게 학교에 다니는데, 왜 우리 아이는 혼자 저렇게 울면서 괴로운 시간을 보내야 하는 거죠? 그 아이들은 자기들이 잘못한 걸 알고는 있을까요? 아무리 생각해도 원통하고 속상하고 정말 속된 말로 환장할 지경이에요, 선생님."

"충분히 그런 마음이 드실 거예요. 그럼 학폭을 진행하도록 할까요?"

"아니요, 일단 세라 아빠 퇴근하면 세라와 같이 얘기해보고 제가 내일 학교에 갈게요."

"네, 그럼 몇 시에 오실지 문자 주세요."

"선생님, 죄송합니다. 저희 세라 때문에 선생님이 고생하시네요."
"아닙니다. 어머님이 왜요. 제가 죄송스럽네요. 더 세심하게 아이들을 살폈어야 했는데."
"요즘 애들이 어디 어른들한테 자기들 이야기 하나요? 부모한테도 말 안 하는데. 선생님 퇴근하셔야 할 텐데 내일 뵙도록 해요."
"네, 들어가세요."

다음날 출근하자마자 쉬는 시간과 점심시간을 이용해 다섯 아이를 한 명씩 따로따로 만났다. 이 아이들은 세라가 얼마나 힘든 시간을 보내고 있는지 알고 있을까 내심 궁금하기도 했고, 왜 이렇게 사이가 급격하게 나빠진 것인지 속사정도 궁금했다. 무엇보다 이해하고 싶었다, 이 아이들이 왜 이렇게까지 되었는지를.

하지만 아이들은 모두 입을 맞춘 것처럼 말했다.
"세라가 저희 욕을 먼저 했어요. 다른 친구들에게 한 명씩 돌아가면서 뒷담화를 했다니까요. 근데 어떻게 계속 친구로 지내겠어요?"
유희는 또랑또랑한 목소리로 당차게 말했다.
"저희, 설마 이것 때문에 학폭 가요? 만약 학폭 간다면 저희도 학폭 신고할 거예요. 세라가 저희 뒷담화한 거요. 저희가 먼저 당했다고요. 그리고 세라가 저랑 제 남친을 먼저 깠어요."
상희는 흥분하며 당장 세라에게 쫓아가기라도 할 듯한 기세로 말했다.

경미도 가만히 있을 수 없다는 듯 눈을 동그랗게 떠서 눈동자를 굴리며 말했다.

"기세라가 그동안 저한테 말로 상처 준 게 얼만데요! 저한테 돼지라고 했다고요!"

'아, 정말 이 아이들 어떡하면 좋을까.'

"그래서 세라 국어책을 죽어책으로 바꿔놨니?"

경미는 깜짝 놀랐는지 순간 멈칫하더니 대답했다.

"제가 그러려고 한 건 아니에요. 그냥 장난이었어요. 상희가 한번 해 보라고 해서요. 걔도 저한테 상처 줬는데 저는 그 정도 장난도 못 해요?"

이 말을 듣는 순간 머리에서 뜨거운 김이 올라왔다.

"장난이라니, 경미야! 장난이라니! 친한 친구 사이에서였다면 그렇게 쓰는 게 장난이 되었을시도 모르지. 같이 웃고 깔깔거리고 지니기면. 근데, 네가 그것을 썼던 상황은 그게 아니었잖아! 이미 멀어져 있는 상태였는데 그게 어떻게 장난이야, 응? 힘들어 죽겠다는 사람에게 죽으라고 등 떠민 거였잖아! 몰라? 이해 안 돼?"

"네, 이해 안 되는데요."

삐뚤어지기로 작정이라도 한 듯 경미는 등을 뒤로 한껏 기대고 배를 쭉 내민 상태에서 툴툴거리며 대답했다. 경미의 비뚤어진 마음속에서 두려움이 보였다. 나는 경미 안에 착한 성품이 남아 있다고, 단지 지금 두려워서 그러는 거라고 믿고 싶었다. 두툼한 경미의 손등을 손바닥으로 감싸며 말했다.

"너희, 친구였잖아. 한때 친했잖아. 이렇게까지 된 데에는 근본적인 이유가 있을 거 아냐. 쌤은, 너희들이 나쁜 아이들이라서 그랬다고 생각하지 않아. 샘에게 말하지 않는 어떤 이유가 있었을 것 같아. 그래서 계속 묻는 거야. 이해하고 싶어. 너희들을 이해하고 싶다고."

안타까움과 답답한 마음이 들면서 코끝이 찡해지더니 눈이 뜨거워졌다. 내 눈을 쳐다보는 경미의 눈동자가 출렁거렸다.

"그냥 싫었어요. 원래 말하는 것도 재수 없고 잘난 척하고요."

"응……."

"아니, 진짜 다 가졌으면서 뭐가 부족해서 맨날 남 흉보고 툴툴거리고, 거기에다 남친도 있으면서 딴 남자한테 자기 거라고 하고. 암튼 그랬어요, 쌤."

"음……."

"……."

"그런 것을 참아주고 받아주기가 힘들었던 거였구나? 너희, 만약 서로가 서로에게 잘못한 것에 대해 화해하라고 한다면 화해할 생각은 있니?"

"네, 있어요, 저는. 딴 애들은 몰라도."

"그래?"

내심 반가웠다. 한 명이라도 화해를 시작하면 다른 아이들도 화해하게 되지 않을까 하는 생각이 들었기 때문이다.

"근데요."

"응."

"다시 친하게 지내라. 뭐 그런 건 안 돼요."

"뭐라고?"

"화해는 하겠는데요. 개도 잘못했고, 뭐 우리도 잘못한 게 있으니까요. 근데 다시 친하게는 못 지내요. 아마 다른 애들도 저랑 같은 생각일 걸요?"

"회복이 안 될까?"

"네, 전혀요."

"친구끼리 싸우기도 하고 화해도 하고, 그러면서 더 단단하게 굳어지기도 하고 그렇잖아. 노력해보면 되지 않을까?"

"아니에요. 같은 상황이 반복될 것 같아요. 그게 보여요. 물어보세요. 작년에도 세나 사싸이에 있는 친구들이 힘들어했어요. 진짜예요. 애들한테 물어보세요."

"흠, 그래, 그렇구나. 알겠어. 얘기해줘서 고마워."

화해할 수도 있지만 다시 친하게 지낼 수는 없다는 경미의 말이 이해되면서도 야속하게 느껴졌다. 하기야 아무리 다 커 보여도 이제 열여섯, 아직은 아이들이다. 아직까진 다른 사람의 입장보다는 내 상처가 더 크게 느껴질 나이다. 어른이라고 모두 다른 사람을 먼저 생각하는 사람만 있는가? 어른도 아이 같은 어른들이 수두룩한데 아이들이야 오죽할까. 가슴 한가운데가 뻐근하게 저려왔다.

아라와 수은이에게 기대해봤으나 둘도 마찬가지였다. 모두 같은 말을 하는 것을 보니 말을 맞춘 것이 분명했다. 화해는 하되 관계는 끊는다는 것, 그리고 그 화해도 세라가 먼저 사과해야 한다는 전제였다.
"왜 세라가 먼저 사과해야 한다고 생각해?"
내 질문에 수은이가 답했다.
"걔가 먼저 뒷담화를 했으니까요. 걔가 안 그랬다면 그다음 일도 없었을 거 아니에요."
"그런데 수은아, 너희들이 쓴 진술서에도 있었어. 너희들끼리도 뒷담화를 했다고. 근데 왜 그건 가만히 있는 거야?"
"그거야 저희끼리는 다 사과하고 끝났으니까요."
순간, 나는 망치로 얻어맞은 듯 뒤통수가 띵 했다.
"언제?"
"수요일 점심시간에, 세라가 저희 뒷담화한 걸 서로 얘기하다 알았을 때요. 그때 이야기하면서 어쩔 수 없이 동조했던 거랑 분위기상 뒷담화했던 거 다 말하면서 사과하고 용서하고 그랬어요."

이 아이들을 어떻게 이해해야 할까? 뭐라고 해야 할까? 자기들끼리 모여서 뒷담화했던 것에 대해 서로 용서를 빌고 용서했으면서 그 과정에서 세라만 쏙 빼다니. 진짜 친구였다면 세라가 뒷담화했다는 사실을 알게 되었을 때 세라를 불러서 어떻게 된 일인지 왜 그랬는지 물어보고 오해한 것은 풀고, 사과받을 건 사과받고, 그게 순서가 아니었을까? 이 아이들에게 세라가 친구이긴 했을까?

"그래. 그러면 세라와도 서로 사과하고 용서하고 풀면 되잖아. 너희들끼리만 한 건 세라 입장에서 봤을 때 너무하다고 생각하지 않을까? 안 그래?"

"그건 조금 달라요."

"뭐가 다른데?"

"저희는 동조하느라 안 하고 싶어도 한 거고, 세라는 주도적으로 한 거니까요."

"너희가 먼저 시작한 적도 있었잖아."

"저희가요? 없었어요."

수은이가 깜짝 놀라며 답했다.

"너희가 먼저 한 적이 없었다고?"

"네! 저희 페메 보세요! 다 캡처해뒀어요. 저흰 먼저 한 적 없어요!"

"꼭 페메가 아니더라도 평소에 얘기할 때 말이야."

수은이는 고개를 좌우로 흔들며 말했다.

"아니요, 진짜로 없어요."

수은이를 교실로 돌려보내고 평소 속이 깊고 마음이 따뜻하다고 여겼던 아라를 불렀다.

"선생님은 너희들이 한때 친하게 지냈던 사이였으니 한 번은 이해하고 넘어가 주는 따뜻한 모습도 보여줬으면 좋겠는데. 아라야, 네가 생각하긴 어때? 누구나 실수할 때도 있는 거잖아. 근데 한 번의 실수로

단칼에 관계를 끊어버리는 건 너무 아프지 않을까? 살다 보면 그 사람이 내가 될 수도 있는데……."

"근데요."

"응."

아라는 머뭇거리더니 조용히 말했다.

"애들은 그럴 생각이 없나 봐요."

"아라 생각에는 왜 그런 것 같아?"

"글쎄 모르겠어요. 그냥 싫은가 봐요. 약간 질투 같기도 하고요."

"음, 어떤 면에서 질투?"

"그냥 평소에 애들 하는 말 들어보면 세라가 자기네 집 잘산다는 걸 은근히 과시하고, 남친 자랑에, 피부 하얗고 예쁘다고 은근히 뻐겨서 애들이 기분 나쁘다면서 좀 그랬어요."

"그래도 세라가 사과하면 다시 친구가 될 가능성이 있지 않을까?"

"제 생각에는……."

"응, 말해도 돼. 편하게 해."

"제 생각에는 안 될 것 같아요."

"왜?"

"애들이 너무 싫어해요, 특히 상희가. 경미도 그렇고 수은이도 그렇고."

"너희가 여섯이었잖아. 세라가 다섯 명 중 특별히 더 가까웠던 친구는 누구야?"

"처음엔 상희였는데, 세라가 자꾸 뒤에서 상희를 까고 남친도 까고 그러면서 상희가 세라를 싫어하게 됐어요. 그래서 좀 어색해지면서 이렇게 되었어요."

"그럼 그 후로 세라는 누구랑 다녔어?"

"딱히 없었어요. 그냥 학교에서는 다 같이 어울리고 집에 가면 그냥 메시지만 주고받고 그랬어요. 단톡방에서 얘기하기도 하고요."

"그랬구나. 너희는 각자 좀 더 친한 친구들이 있었어?"

"저는 유희랑 좀 더 가깝고, 수은이는 경미랑, 상희는 특별히 따로 연락하진 않아요. 다른 반에 원래 놀던 애들이 있어서요. 학교에서만 친해요."

이미 머릿속에 그리고 있던 관계도를 다시 한번 확인하고 나니 세라 혼자 친구들 사이를 겉돌면서 얼마나 외로웠을까 안타까웠다. 그리고 지금 이 순간에도 홀로 있을 세라가 눈에 밟혔다.

6교시 수업을 마치고 교무실에 오니 세라 어머니께서 와 계셨다. 세라 어머니와 학년 상담실로 갔다. 며칠 사이에 마음고생이 많으셨던 탓일까? 학기 초 학부모 상담 기간에 뵈었을 때와 다르게 많이 부석부석하신 모습이었다.

"아이쿠, 얼굴이 많이 안 좋으시네요, 어머님."

"아, 네. 계속 신경 쓰느라 잠을 못 잤더니 이렇습니다, 선생님."

"아버님과 얘긴 나눠 보셨어요?"

"네."

"어떻게 하면 좋을까요?"

"선생님, 저는 학폭을 하고 싶어요. 정말로요. 그래서 그 아이들이 벌 받고 뉘우치는 모습도 보고 싶어요. 근데 세라가 학폭은 절대로 안 하겠다고 해요. 애들 아빠도 처음에는 학폭을 하자고 했는데, 세라가 죽어도 학폭은 안 하겠다고 저렇게 고집을 피우니 어떻게 하면 좋을지 모르겠네요."

"그래요? 왜 세라는 학폭을 하기 싫다고 할까요?"

"친구들을 잘 알아서 그러지 않을까요? 저도 세라 메시지를 쭉 봤는데, 친구들이 먼저 한 것들은 남아 있는 게 거의 없어요. 친구들이 같이 있을 때 뒷담화를 많이 했다고 하는데, 지금 다섯이 똘똘 뭉쳐버린 이상 누가 세라 얘길 뒷받침해 주겠어요? 세라가 거짓말을 한다고 몰아가겠죠. 학폭 가면 그 과정에서 세라가 홀로 친구들을 상대로 싸울 자신이 없나 봐요. 그냥 싫대요. 다 싫고 전학만 보내 달라고 떼를 쓰네요. 휴······."

세라 엄마는 얼굴을 찡그리며 한숨을 내쉬었다.

"그렇군요. 근데 어머님이 이렇게 속상하시면 뒷담화는 그렇다 쳐도 그 후에 친구들이 괴롭힌 게 있으니깐 학폭에 올리면 위원회에서 경중을 가려주지 않을까요?"

"저는 백 번이고 천 번이고 하고 싶어요. 근데 세라가 학폭 하면 자기는 학교 안 다닌다고 무조건 전학만 보내 달라고 떼를 쓰니 어떻게 할 방도가 없네요. 마음으로야 어떻게 해서든 저 아이들을 벌주고 싶죠. 근데 어쩌겠어요. 부모가 죄인이죠. 자식이 원하는 대로 하는 수밖에요."

"그러면 전학을 보내시려고요?"

"저는 보내기 싫어요. 전학시키려면 이사도 가야 하고 복잡하잖아요. 지금 집으로 이사 온 지도 얼마 안 됐고, 이사가 어디 쉬운 일인가요? 근데 세라는 3학년 전체 아이들을 마주치기도 싫다고 하네요. 모두 자기가 뒷담화를 했다고 수군거리는데 어떻게 얼굴을 들고 학교에 다니겠냐면서요."

"그러게요, 어머님. 아닌 건 아니고, 또 혹시라도 잘못한 게 있다면 서로 사과하고 새롭게 시작하면 좋을 텐데 아이들의 마음이 그리 단순하지가 않나 봐요."

"그러니까요. 거짓말 솜 보태면 하루에노 마음이 오만 번씩 왔다 갔다 하네요. 그래서 저도 썩 내키진 않지만 전학을 알아봐야 할까 고민입니다."

"그러셨군요."

"선생님 생각은 어떠세요? 전학에 대해서요."

"담임인 저로서는 아이들을 잘 화해시켜서 다시 잘 지내게 만들고 싶죠. 근데 그게 안 된다고 하더라도 저는 세라가 꿋꿋이 이겨냈으면 좋겠어요. 전학 간다고 해서 이런 일이 또 없으리란 보장도 없고요. 물론 있으면 안 되겠지만요. 살다 보면 오해를 받기도 하고, 억울한 일도 생기고 그러잖아요. 근데 피하는 것보다는 힘들어도 당당하게 부딪치면서 겪어 나가면 배우는 게 많을 것 같아요. 물론 진짜 죽고 싶을 정도로 괴롭겠죠. 하지만 내면의 힘을 길렀으면 좋겠어요. 어떤 상황에서도 홀로 설 수 있는 그런 꿋꿋함이요. 물론 그렇게 꿋꿋이 견뎌내기까지의 과정이 결코 쉽진 않겠지만요."

"네, 제 생각도 그래요, 선생님. 근데 그렇잖아요. 저도 직장생활 해봐서 알지만 단 한 명과 마음이 안 맞아도 직장에 나가기 싫고 괴로운데, 지금 저희 세라는 친구가 한 명도 없잖아요? 얼마나 괴롭겠어요. 혼자 버티는 건 힘들지 않을까 싶어요."

"그러게요. 아이들이 모두 그 소문을 믿진 않겠지만 세라가 알고 있는 이상 그 소문으로부터 스스로 벗어나는 일도 힘들겠지요."

"밥도 못 먹고, 젓가락같이 더 말라서 눈은 퀭하고. 정말 제가 속상해서……."

참고 참다 눈물을 터트리시는 세라 엄마의 모습이 안타깝기만 했다. 티슈를 뽑아 세라 엄마에게 건네 드리며 물었다.

"세라는 계속 학교에 안 오겠다고 하나요?"

"네, 선생님. 못 가겠대요. 애들이 모두 자기만 쳐다보는 것 같고, 다 째려보는 것 같고, 수군거리는 것처럼 느껴져서 미치겠다고 하네요. 어쩌면 좋을지 모르겠어요."

순간 세라의 퀭한 모습이 머릿속에 떠올랐다. 혼자 집에 있으면서 얼마나 괴롭고 힘이 들까? 숨쉬기조차 쉽지 않을 텐데.

"어머님, 세라가 못 가겠다고 하더라도 잘 달래서 학교에 보내주세요. 제가 데리고 이야기도 해보고, 상담 선생님께도 상담을 의뢰할게요. 혼자 집에 있으면 더 우울하고 막연한 불안감 때문에 더 안 좋을 거예요."

"네, 그렇죠. 어떻게든 달래서 내일은 보내 볼게요. 그리고 한 가지만 부탁드릴게요."

"말씀하세요."

"학폭을 하지 않는 대신 그 아이들 부모님께 자식들이 어떤 행동을 했는지 다 알려주시고, 다시는 누구에게든 이런 일을 하지 못하도록 해달라고 강하게 말씀 좀 해주세요. 마음 같아서는 제가 그 아이들을 불러서 말하고 싶은데, 그렇게는 안 되나요?"

"네. 보호자 동의 없이 상대편 아이들을 만나는 것은 안 돼요. 대신 어머님 뜻을 잘 알았으니 제가 잘 전달하도록 할게요."

"꼭 부탁드립니다, 선생님. 또 이런 일이 생기면 그때는 저도 제가 어떤 일을 할지 모르겠네요. 너무 괴로워요. 우리 아이에게 이런 일이 생기리라고는 정말 꿈에도 생각하지 못했어요."

"네, 세라 잘 달래서 내일은 학교에 올 수 있도록 해주세요."

"그럴게요, 선생님. 잘 부탁드립니다."

"조심히 들어가세요."

15
괜찮지 않다
: 세라 :

수요일에 일이 터지고, 목요일 국어책 사건이 생겨 금요일에는 학교에 가지 않았다. 주말에도 방에만 틀어박혀 있었더니 엄마가 쇼핑하러 가자고 했다. 이 상황에 쇼핑이라니, 평소라면 엄청 좋아했겠지만 쇼핑이고 뭐고 오직 전학 갈 생각밖에 없었다. 엄마가 학교에 가면 전학을 알아보겠다고 약속해서 오늘은 어쩔 수 없이 학교에 왔다.

조용히 교실에 들어가 내 자리에 앉았다. 편안한 척하려 했지만 얼굴이 너무 딱딱하게 굳어 얼굴 근육이 아팠다. 자리에 앉으니 경미와 수은이 둘이서 눈짓을 주고받다 나를 쳐다보는 게 느껴졌다. 경미와 수은이뿐만 아니라 애들 모두 나를 주시하고 있었다. 동물원에 갇힌 원숭이가 된 기분이다. 이런 시선 때문에 학교에 나오기 싫었는데 어쩌겠나? 전학 수속이 될 때까지 이 악물고 조용히 다닐 수밖에.

학교에 나오지 않은 며칠 동안 지옥에서 살았다. 상희와의 관계가 틀어졌던 장면을 더듬고 또 더듬었다. 상희가 했던 못된 행동이 떠올라 분노했다가, 상희의 행동에 화가 나서 상희 사진에 장난을 치고, 상희 남친 뒷담화를 했던 일도 후회하고 또 후회했다. 그러면서도 상희가 왜 갑자기 나한테 그렇게 못되게 굴었는지 도무지 짐작되지 않아 상희에게 전화해서 물어볼까 심각하게 고민도 했다. 친해져서 학원도 같은 곳으로 옮기고 잘 지냈는데, 왜 갑자기 짜증 내고 욕하고 못되게 굴었는지 끝까지 미스터리다.

그런 생각에 빠져 있다 보면 일이 이렇게 된 건 어쩌면 당연한 일일지 모른다는 생각도 들었다. 자신을 싫어하고 욕하는 사람에게 끝까지 친절할 사람이 어디 있을까? 상희가 아무리 센 아이라고 해도 아무 이유 없이 나를 힘들게 하는 상희와 굳이 친하게 지내고 싶진 않았다. 그럴 필요성도 못 느꼈다. 다만, 상희에게 화나고 섭섭했던 감정을 친구들에게 말로 표현한 게 잘못이라면 잘못이었다.

그런데 결과는 참혹했다. 일이 이렇게까지 될 줄은 정말 몰랐다. 그저 우리 무리에서 상희만 없으면 좋겠단 생각뿐이었는데……. 상희 없이 다섯만 노는 게 완벽한 그림이었다. 상희만 끼면 분위기가 이상해지고, 아닌 척하면서 상희 비위를 맞추느라 애쓰는 친구들도 보기 싫었다. 게다가 친구들 앞에서 대놓고 나를 깎아내리는 상희가 얄미웠다. 상희만 빠져주면 좋으리라 생각했다. 근데 상희가 아닌 내가 빠지고 말았다. 결론은 내가 진 셈이다.

상희를 제외한 네 명의 친구들 또한 생각할수록 괘씸해서 자려고 눈을 감았다가도 다시 벌떡 일어나 앉은 게 한두 번이 아니었다. 나와 함께 했던 그 많은 이야기는 다 어디로 사라져버렸는지, 어떻게 나를 한순간에 이렇게 낭떠러지로 밀어버릴 생각을 했는지 원망스러웠다. 모두 착한 얼굴을 한 배신자들이었다는 사실을 뒤늦게 깨달았다.

1교시가 하필 체육이었다. 체육실로 이동해야 하는데 이동수업은 생각만 해도 끔찍했다. 다들 둘, 셋씩 짝지어 가는데 혼자 가야 하고, 자유시간이라도 주면 '난 왕따'라고 광고라도 하듯 혼자 있어야 했기 때문이다. 아이들이 시끌벅적 신나게 소리지르며 교실을 빠져나갔다. 그냥 혼자 교실에 남아 있어야 할까 고민하고 있는데 동호가 다가왔다.

"왜 학교에 안 왔니?"
"어? 응."
"뭐가 응이야?"
"아니, 알잖아."
"뭘?"
"소문 말이야."
"소문? 그건 소문이잖아, 확인되지 않은. 근데 그게 뭐 어쨌다고?"
나도 모르게 고개를 들어 동호를 쳐다봤다. 동호는 머쓱한지 몸을 돌려 몇 걸음을 떼었다.

'아, 뭐야, 얘는. 왜 나한테 이렇게 다정하게 구는데.'

또 눈물이 흐르고 있었다. 손을 갖다 대면 자동으로 물이 나오는 수도꼭지처럼.

"야! 늦으면 쌤한테 혼나. 빨리 나와."

동호가 뒤를 돌아보며 말했다. 머뭇거리던 나는 눈물을 닦고 동호 뒤에 멀찍이 떨어져서 걸었다.

'소문이잖아, 확인되지 않은. 근데 그게 뭐 어쨌다고.'

동호의 말이 머릿속에서 반복해서 울렸다.

'동호는 그럼 내 소문을 믿지 않는다는 말일까? 내가 3학년 아이들을 다 깠다는 소문, 친구들을 다 먼저 깠다는 소문. 정말 안 믿는다는 걸까?'

망망대해에서 길을 잃고 헤매다 저 멀리 어디에선가 반짝이는 작은 빛을 발견한 사람처럼 마음 한편이 밝아왔다.

동호를 따라 강당에 들어서자 모여 있던 아이들이 나와 동호를 번갈아 쳐다봤다. 아이들의 시선이 온몸에 쏟아져 부담스럽기 짝이 없었다. 아무래도 강당에 오는 게 아니었다. 수은이와 경미의 눈이 커지며 입이 벌어졌다.

"야, 쟤네 뭐야?"

수은이가 경미를 보고 말하는 소리가 들렸다. 경미도 수은이를 보며 말했다.

"내 말이."

"헐~, 대~박. 쟤네 사귀냐?"

상희가 선생님에게까지 들릴 정도로 큰 소리로 말하자 동호가 성큼성큼 상희의 눈앞까지 다가갔다. 아이들이 숨을 죽이고 동호와 상희를 지켜봤다. 동호가 상희를 쳐다보며 눈에 힘을 주고 톡 쏘듯 말했다.

"말조심해라."

상희는 갑자기 치고 들어온 동호의 말에 놀랐는지 당황한 기색이 역력했다. 아! 고소하다. 나도 모르게 살며시 미소가 피어나려 했지만 아이들이 볼까 봐 성급히 고개를 숙였다.

"뭐라는 거야!"

눈치를 보던 아이들이 체육쌤의 호루라기 소리에 농구대 앞으로 모여 섰다. 농구를 하면서도 수은이와 경미의 시선은 온통 나와 동호를 향해 있었다. 저 둘이 불안해하는 걸 보니 통쾌했다.

'그렇게라도 불안해하고 힘들길 바라. 내가 힘든 만큼.'

쉬는 시간마다 아이들은 시답잖은 이야기에도 깔깔거리며 과장되게 웃었다. 과자를 풀어놓고 먹으면서 나를 빤히 쳐다보는가 하면, 힐긋거리며 수군거리기도 했다. 이렇든 저렇든 기분 나빴다.

"야, 오늘따라 학교가 이상하지 않아?"

"왜?"

"어제는 안 그랬는데 오늘 좀 이상하네. 안 그래?"

"아~, 그러네~. 뭔가 이상한 냄새도 나는 것 같고."

"그래 맞아. 좀 독한 냄새 나지?"

"응."

귀를 틀어막고 싶었지만 참았다. 이럴 줄 알았으면 이어폰이라도 챙겨오는 거였는데……. 듣기 싫어도 들려오는 아이들의 유치하면서도 지독한 장난. 무시하려고 애를 써도 귀로 들어와 가슴에 박혀서 상처가 나도록 후벼 팠다. 엄마는 아이들 말에 신경 쓰지 말라고, 그 아이들도 뭔가 불안하고 부족한 게 있어서 그런 거니 무시하라고 말했다. 하지만 머리로는 그렇게 해야지 하면서도 막상 들으니 그게 잘 안 되었다. 온몸의 신경이 아이들의 이야기 소리를 향해 날카롭게 곤두서 있었다.

화장실을 가고 싶어도 복도에서 마주치는 아이들의 시선이 싫어서 마음대로 가지 못했다. 여섯 시간의 수업이 60시간처럼 느껴졌다.

힘든 하루를 버텨내고 드디어 종례 시간. 담임쌤이 나를 포함한 여섯 명은 남으라고 하셨다. 담임쌤의 말이 떨어지기 무섭게 아이들은 펄쩍펄쩍 뛰었다.

"아, 또 왜 남아요!"

"아, 진짜 바쁘다고요!"

"학원가야 해요!"

아이들의 말에 담임쌤은 한숨을 내쉬더니,

"금방 끝날 테니깐 잠깐 얘기 좀 하고 가자, 응? 우리 할 얘기 있잖아."

"아니, 얘기를 왜 수업 끝나고 해요! 집에 가야 하는데! 아이 씨!"

상희가 또 화를 내며 말했다. 선생님께 저런 말투로 말하다니 진짜 싹퉁바가지다, 진상희. 저래서 싫다. 자기가 뭐라도 되는 것처럼 굴고, 막돼먹은 행동을 해놓고 은근히 빼기는 저 뻔뻔함이.

"상희야! 선 넘는다? 지킬 건 지키자!"

담임쌤은 정색을 하고 말씀을 이어가셨다.

"수업을 뺄 순 없지. 자, 잠깐만 앉아 얘기 좀 하자. 세라도 이쪽으로 와서 선생님 옆에 앉자."

아이들은 마지못해 중간중간에 자리를 잡고 둥그런 모양으로 둘러앉았다. 한때는 누구보다 즐겁고 신나게 무리 지어 놀았던 사이였는데, 지금은 차가운 기운만 흐른다.

"얘들아! 너희는 지금 이 순간이 부담스럽고 싫겠지만 그래도 이런 시간은 필요할 것 같아서 잠깐 남으라고 한 거야."

애들은 고개를 숙이거나 손톱을 쳐다보며 모두 딴청을 부리고 있었다.

"선생님은 너희들이 서로에게 속상하고 서운했던 거, 혹은 오해했던 거, 또는 실수한 거, 그런 게 있다면 친했던 순간을 기억하며 이 시간에 모두 이야기하고 풀었으면 좋겠어. 어때?"

모두 약속이라도 한 듯 발끝만 쳐다보며 아무 말도 하지 않았다.

"어쩌다가 좋은 친구 관계가 이렇게 되었을까? 다시 돌이킬 순 없을까? 선생님은 너무 안타까워. 살다 보면 실수할 때도 있어. 선생님도 많은 실수를 해왔던 것 같아. 하지만 누군가는 그 실수를 이해해주고, 누군가는 덮어주고, 또 누군가는 실수를 반복하지 말라고 잘 일러주고, 그래서 조금씩 아주 조금씩이나마 성장해오지 않았나 싶어. 쌤은, 너희들도 이번 기회에 서로의 부족한 점도 감싸주고 이해해주고 용서해주고 또 용서를 구하면서 모두 함께 성장하는 시간이 되었으면 좋겠어. 누구도 아프지 않았으면 좋겠어."

"……."

침묵이 흘렀다. 평소에 그렇게 말도 많고 거침없는 경미도 조용했다.

"누구든 하고 싶은 이야기가 있으면 해볼래?"

"……."

침묵이 계속 이어지자 경미가 평소와 달리 작은 목소리로 말했다.

"저희는, 사과를 받고 싶어요."

"사과?"

"네, 세라가 저희 뒷담화한 거요."

"음……."

선생님이 잠깐 생각하시는 사이 내가 대답했다.

"사과할게요, 선생님. 대신 저도 사과받고 싶어요."

그러자 상희가 눈을 크게 뜨고 말했다.

"네가 뭘?"

나는 상희는 쳐다보지 않고 담임쌤을 쳐다보며 말했다.

"제가 학년 아이들을 모두 깠다고 소문낸 거랑 제 뒷담화한 거, 그리고 떼카한 거요. 저도 사과받고 싶어요."

내 말에 수은이가 말했다.

"사과할게요, 쌤. 저희도 사과할 생각은 있었어요."

"우리가 모여서 네가 한 이야기 다 모아서 하고 네 흉본 거 미안해."

수은이가 시작했다.

"근데 네가 학년 전체 아이들 뒷담화했다고 소문낸 적은 없어."

경미가 말했다.

"맞아, 우린 그런 얘길 한 적 없어. 네가 우리를 깐 이야기는 했지만 그런 말은 안 했어."

유희가 해명하듯 말했다. 나는 고개를 들어 유희를 쳐다보며 말했다.

"근데 단톡방에서 나도 모르는 애가 왜 나한테 그런 이야기를 해? 왜 그런 소문이 났는데? 너네가 아니면 누구야?"

내 말에 유희가 어이없다는 듯 말했다.

"아니, 그거야 우리도 모르지. 어떻게 알아?"

"우린 진짜 아니야."

조용히 있던 아라가 말했다. 아라가 아니라고 하면 아닐 거다. 하지만 도무지 받아들이기 힘들다. 이 아이들이 아니면 도대체 누가 그런 소문을 냈을까. 아라는 친구들이 소문낸 걸 모르고 있는지도 모른다.

"애들하고 같이 네 뒷담화했던 거 미안해."

아라가 고개를 숙이며 말했다.

"나도 미안."

유희가 말했다.

"나도 미안. 그리고 국어책에 낙서한 것도 미안. 네가 그렇게 울 줄은 몰랐어. 그냥 장난이었어."

경미가 말했다. 경미의 말에 가슴이 두근거리기 시작하더니 손과 다리도 부들부들 떨리고 마침내 턱까지 덜덜 떨려왔다.

"장난이라니, 장난?"

심하게 갈라지고 떨리는 목소리로 내가 말하고 있었다. 내 목소리가 남의 목소리처럼 생경하게 느껴졌다. 나한테 그런 짓을 해놓고 장난이었다고 저렇게 가볍게 말하다니. 저 뻔뻔함이라니! 가서 뺨이라도 한 대 때리면 속이라도 후련해질까. 아, 그렇게 하고 싶다. 엉덩이가 들썩인다.

"미안하다고."

내 표정을 살핀 경미가 다시 미안하다고 말했다.

"나도 미안. 근데 네가 나랑 내 남친 뒷담화한 거 알고 얼마나 빡쳤는지 알아? 왜 그랬어?"

상희가 말했다. 늘 가시 돋친 저 말투. 아, 내가 저런 아이와 친구였다니. 뭐가 그리 좋았을까.

"네가 먼저 나한테 욕하고, 함부로 대하고 그랬잖아. 그래서 나도 너무 속상했어. 나한테 거지같이 생겼다고 하고, 소리지르고. 그렇게 하는데 기분 좋을 사람이 어디 있겠어?"

상희가 나를 노려보며 말했다.

"그렇다고 그렇게 뒷담화를 해? 아, 완전 어이없어."

"나도 미안해."

상희에게 이런 말이라도 하고 나니 답답했던 마음이 조금은 뚫리는 것 같았다.

"쌤, 이제 세라가 저희한테 사과해야죠."

수은이가 말했다.

"그래, 세라도 친구들에게 사과할 부분 있으면 사과해볼까?"

"경미한테 뚱뚱하다고 하고, 상희 남친 흉보고, 수은이가 어장관리 한다고 하고, 아라 부모님 이야기한 거, 모두 미안해. 근데 너희도 나랑 있을 때 너희가 먼저 나한테 이런 이야기 많이 했잖아. 왜 너희는 안 한 척하는데?"

"우리가 언제?"

다섯이 약속이라도 한 듯 눈을 똥그랗게 뜨고 동시에 큰 목소리로 되물었다.

'아, 무섭다. 모두 말을 맞췄구나.'

그 모습을 보며 나는 더 이상 이런 말들은 의미가 없음을 깨달았다.

"선생님, 저는 더 할 말 없어요."

"너희는 어때? 세라의 말에 대해 더 할 말 없어?"

"네."

"때로는 있었던 일을 하나하나 정확하게 따지다 보면 더 상처가 생기고 아플 때가 있어. 나 자신에게도 허물이 있다는 걸 기억하고 서로를 한 번 용서해주고 이해해주면 어떨까 싶은데…….”

담임쌤의 말을 듣는데 마음속에서 눈물이 솟구치기 시작했다. 나에게 허물이 있다는 걸 기억하라니? 그렇게 친했던 친구 한 명을 이렇게 무참하게 버리고, 자기들끼리 저렇게 똘똘 뭉쳐 저렇게 신이 나 있는데. 뭘 용서해? 뭘 이해해? 말도 안 돼.

"아니요, 선생님. 그러기 싫어요.”

담임쌤의 말이 미처 끝나기도 전에 빠르게 대답하는 내 모습에 담임쌤은 물론 다섯도 나를 빤히 쳐다봤다.

"쌤, 저희도 싫어요!”

경미가 말하자,

"진짜 어이가 없네. 우리도 싫거든!”

상희가 손에 들고 있던 종잇조각을 찢으며 말했다. 담임쌤이 니에게 물었다.

"세라야, 진짜로 싫은 거야?”

내가 대답을 하기도 전에 수은이가 말했다.

"쌤, 저희는 다시 친하게 지내기 싫어요. 단지 사과받고 싶었을 뿐이에요. 서로 사과 주고받았으니 됐어요. 안 그래, 얘들아?”

"맞아요, 쌤.”

유희가 대답했다.

애써 참아 조금씩 흘러내리던 눈물이 이젠 막았던 보를 터놓은 것처럼 펑펑 쏟아지기 시작한다.

"흑 흑 흑 흑."

"아우! 진짜! 처울지 좀 말라고! 누가 보면 혼자 피해자인 줄 알겠네, 진짜!"

상희가 가시 돋친 목소리로 말했다.

"진상희! 너 어디서 그런 말버릇이야, 지금?! 그만! 오늘은 여기까지 하자."

아이들은 가방을 들고 투덜거리면서 나갔다. 담임쌤이 내 어깨를 감싸 안았다.

"세라야, 왜 그런 말을 했어?"

"쟤들은 저렇게 다섯이 하나가 되어서 저랑 했던 얘기들은 없었던 일처럼 시치미 떼는데, 저런 애들과 제가 어떻게 다시 친구가 돼요, 선생님. 저 애들은 이미 저를 못된 애로 만들어버렸는데……."

담임쌤이 나를 더욱 세게 끌어안았다.

"그렇구나, 세라야. 그렇겠다. 우리 세라, 힘들어서 어떡하니."

쌤이 나를 안고 갑자기 우셨다. 선생님의 눈물에 나는 꺼이꺼이 울고 말았다.

"아니에요. 쌤이 왜 우세요? 저 때문에 울지 마세요, 쌤. 흑."

전학을 간다는 희망이 있으니 힘들어도 버텨보기로 했다. 친구들이 어떤 말을 하든 어떤 눈초리를 보내든 신경 쓰지 않으리라 스스로에게

다짐을 거듭했다. 그래도 막상 책가방을 메고 집을 나서니 발걸음이 차마 떨어지지 않았다.

쉬는 시간이나 점심시간에 읽으라고 담임쌤이 책을 몇 권 주셨는데, 아이들이 하는 말에 신경이 쏠려 같은 줄을 몇 번씩이나 반복해서 읽었는지 모른다.

"야, 저것 좀 봐. 고상한 척은 혼자 다 하고 있네."
"무슨 책이래?"
"모르지, 뭐. 뒤에서 친구 까는 방법 이런 거 아닐까?"
"하하핫!"
"그런가?"
"아니면 남친 사귀는 법, 이런 거?"
"크크크, 난 그거에 건다!"

누구의 목소리인지 어떤 이야기를 하는지 아무리 삭은 소리로 말해도 다 들렸다. 저 애들에게 어떻게 복수해야 할까. 마음속에서 용암이 끓듯 화가 부글부글 끓어올랐다. 엄마 말대로 학폭을 해달라고 할 걸 그랬나 문득 후회도 밀려왔다. 하지만 아무리 생각해도 최선의 방법은 전학이라는 생각이 들었다. 내 선택이 틀린 게 아니길…….

다음날 점심시간에 생활교육위원회가 열린다고 협의실로 모이라는 연락을 받았다. 상희네 무리가 나를 괴롭힌 게 반 아이들의 진술서에 나와서 학폭에 가야 마땅하지만, 나와 우리 부모님이 원하지 않으시니 앞으로는 절대 같은 일이 반복되지 않도록 주의해야 한다는 내용 전달이 있었다. 그리고 서로에게 절대로 신경 쓰거나 아는 척하지 않기로, 처음부터 모르는 사이였던 것처럼 지내기로 약속했다.

학폭에 가야 마땅하다는 학생부장 선생님의 말씀에 상희가 선생님의 말을 끝까지 듣지도 않고 얼마나 사납게 대들었던지 선생님들은 학년 차원의 생활지도를 하셔야겠다고 합의하셨다.

"애들아, 아무리 사소한 말과 행동이라도 사람이 상처를 입게 되면 그 상처는 평생 동안 따라다니면서 한 사람의 인생을 망가뜨린단다. 잘나가는 아이돌이나 이제 막 뜨기 시작한 연예인들이 학창시절의 학폭 문제로 꿈을 접는 경우, 너희들도 많이 봤지? 아무 생각 없이 내뱉은 말과 행동은 언젠가는 부메랑처럼 다시 자신에게 돌아온단다. 그렇기에 우리는 누가 보든 안 보든 착한 마음을 먹고 착하게 행동하며 살아야 해."

교감쌤이 진지하게 말씀하셨다.

"너희들의 태도와 행동을 보니 학폭과는 별개로 집단 상담도 받고, 개인 상담도 좀 받아야 할 것 같구나. 상담 선생님, 가능하시죠?"

"네, 교감 선생님. 저도 필요하다고 생각합니다."

"시간을 정해서 담임 선생님을 통해서 알려주시고요. 이 아이들이 예쁜 마음으로 학교생활 잘하도록 우리 모두가 더 눈여겨서 지켜보고 또 지켜주고, 그래야겠네요."

"담임 선생님, 특별히 아이들 지도하시느라 고생 많으신데 좀 더 주의 깊게 지켜봐 주세요. 또 상담 선생님, 학생부장 선생님과 지속적으로 소통하시도록 해요."

"네, 교감 선생님."

담임쌤의 양쪽 볼이 홀쭉해졌다. 잠을 제대로 못 주무셔서 그런가? 나 때문에 걱정하셔서 그런가? 하기야 나뿐만 아니라 상희와 경미를 보기만 해도 살이 빠지고도 남을 것 같다.

생활교육협의회 이후 우리는 서로를 소 닭 보듯 했다. 마음은 훨씬 편해졌다. 물론 학교에 가는 건 아직도 끔찍했다. 아이들이 모여 있기만 해도 내 이야기를 하나 싶어 신경이 곤두섰고, 웃음소리가 나면 나를 비웃는 건가 하는 생각에 기분이 나빴다. 이번 일로 소문이 사람을 얼마나 이상하게 만들어버리는지 뼈저리게 느꼈다.

나는 원래 말수가 없고 조용한 아이였다. 근데 초등학교 고학년이 되니 도도하고 예쁜 척하는 아이라고 소문이 났다. 친구가 없어서 힘들었다. 그래서 밝고 수다스런 아이가 되기 위해 노력했다. 타고난 성격이 내성적이라 쉬운 일은 아니었지만 그런 노력이 계속되니 신기하게도 아이들이 편하게 다가왔다. 친구가 생기는 게 좋았다.

하지만 친구들은 모두 가벼운 농담이나 주고받는 딱 그 정도의 친구였다. 진짜 속마음은 누구에게도 말하지 못했다. 속마음을 말하면 어떤 소문이 날지 몰라 두려웠다. 언제부터인가 마음 한구석이 텅 비어있다는 걸 알게 되었다. 마음은 어디론가 다 사라져버리고 몸만 떠다니는 느낌이랄까.

비어있는 마음을 채우고 싶었지만 방법을 몰랐다. 가십거리로 아이들의 관심을 끌 때면 그 순간만큼은 내가 친구들의 중심에 있는 것만 같았다. 마음이 뻐근해지면서 행복했다. 하지만 그 느낌도 그리 오래가진 않았다. 돌아서면 늘 혼자였다. 더 깊이 다가오는 친구도 없었고 내가 먼저 다가가기도 싫었다.

두려웠는지도 모른다, 알고 보면 별 볼 일 없는 애라는 걸 아이들이 알게 될까 봐. 별 볼 일 없는 사람이 되어도 괜찮은데, 내가 꼭 친구들 사이에서 중심이 되지 않아도 괜찮은데, 나는 왜 그렇게 특별한 존재가 되고 싶었을까?

수업시간에 자주 엎드려 잤는데 이젠 그러지 못했다. 선생님들이 나를 살피고 있었고, 애들도 내 행동을 다 지켜보고 있는 것 같아서 이전처럼 마음대로 행동하기가 부담스러웠다. 덕분에 평생 읽지도 않았던 책을 다 읽으며 문학소녀가 된 느낌이다. 책을 읽는 순간만큼은 내가 학교에서 '완전한 외톨이'라는 사실도 잊게 되어 좋았다. 오직 책 속의 주인공들과 나만 존재하는 것 같은 느낌, 이런 느낌은 처음이다.

《나의 라임 오렌지나무》를 읽으며 나에게도 뽀르뚜가 아저씨 같은 사람이 생겼으면 좋겠다는 생각이 들었다. '가슴에 행복의 태양이 빛나는 것 같은 느낌을 주는 좋은 친구'가 진짜 존재할까? 그런 친구와 함께하면 어떤 느낌일까? 얼마나 행복할까?

하지만 책 밖으로 나오면 다시 차가운 현실이다. 쉬는 시간이나 이동수업 시간, 그리고 점심시간은 여전히 괴로웠다. 점심을 안 먹으니 살도 빠지고 좋았지만 수업 중에 꼬르륵거리는 소리가 날까 봐 자꾸만 신경이 쓰였다.

엄마는 전학 보내준다고 약속하고선 다른 친구들 만나서 몇 달 다니다가 고등학교에 가면 되지 않겠냐며 자꾸 설득하려 들어서 짜증이 났다. 몇 달이라니! 이제 겨우 4월 말인데! 엄마는 아직도 모른다. 내가 저 애들과 같은 공기를 마시고 있다는 생각만으로도 숨이 잘 쉬어지지 않는다는 걸. 내 가슴이 점점 돌처럼 굳어 가고 있다는 걸 말이다.

수업 중에 선생님을 쳐다보고 있는 뒤통수도, 자기들끼리 속삭이는 행동도, 쉬는 시간이면 화장을 고치며 거울을 들여다보는 모습도, 모두 게 다 거슬린다. 모르는 척 살자고 했지만 어쩌면 모르는 척하지 못하는 사람은 상희네 무리가 아니라 나일지도 모른다. 생각에 깊이 빠진 나머지 표정이 일그러진 줄도 모르고 있었는데, 동호가 지나가다 물었다.

"어디 아프니?"

"어? 응? 아, 아니."

"꼭 어디 아픈 사람 같은 표정이야."

말을 걸어주는 동호가 고마우면서도 아이들의 시선이 신경 쓰였다.

"아님 됐고."

동호는 자기 자리로 돌아가서 책상 속에서 책을 꺼내더니 책을 베고 엎드렸다.

'피곤한가?'

동호의 뒷모습을 쳐다봤다. 뒷모습에도 얼굴이 있는 것 같다. 엎드려있는 모습도 어쩜 저렇게 듬직해 보이는 걸까? 동호가 내 거라고 수은이에게 했던 말이 진짜 농담이었을까? 농담을 가장한 진담은 아니었을까? 동호의 뒷모습을 보던 내 눈과 맨 앞자리에서 뒤를 돌아 동호를 보려던 수은이의 눈이 짧게 마주쳤다. 나는 얼른 창밖으로 시선을 돌렸다.

'아, 진짜 싫다. 쟤는.'

점심시간을 알리는 종소리가 울렸다. 아이들이 우르르 밖으로 쏟아져 나갔다. 애들이 모두 나가는 걸 보고 책을 여러 권 책상 위에 쌓고 엎드렸다. 막 엎드려서 잠을 청하려는데 누군가 머리맡에 다가오는 느낌이 들었다.

"세라야!"

고개를 들어보니 순정이와 미현이였다.

"어?"

"같이 밥 먹으러 가자. 배고프잖아."

얼떨떨했다.

'애들이 왜 나한테?'

"아니야, 나 배 안 고파."

고개를 흔들며 말하자 순정이가 다시 말했다.

"그래도 같이 가자. 선생님이 걱정 많이 하셔. 너 밥 안 먹는다고. 사실 우리도 걱정돼."

갑자기 마음이 뭉클해지고 말았다.

'담임쌤은 내가 밥을 안 먹는지 어떻게 아셨을까? 교실 불도 끄고 엎드려 있었는데.'

"그래, 같이 가자 세라야. 조금이라도 먹어."

미현이가 어색한지 쭈뼛거리며 말했다.

"어? 어, 그래……."

같은 반 친구들이지만 말을 해본 적이 거의 없었다. 노는 부류가 달랐다. 나는 상희네와 여섯 명이 큰 그룹을 지어 어울렸고, 나머지 여학생들은 둘 혹은 셋씩 짝을 이루어 어울렸다. 이 아이들은 너무 내성적이고 얌전해서 교실에서 눈에 띄지도 않던 친구들이었다. 그런데 아무리 담임쌤이 시켰다지만 소문을 들었으면 다가오기가 쉽지 않았을 텐데 이렇게 와서 같이 밥 먹자고 하다니, 고맙기도 하고 부담스럽기도 하고 마음이 복잡했다.

급식실에 들어서니 아이들이 힐끗거렸다. 애써 아이들의 시선을 외면하고 줄을 섰다. 자리를 띄어서 앉았지만 반별로 앉아서 밥을 먹기 때문에 상희네 무리와 통로 하나를 사이에 둔 테이블에 앉게 되었다. 허 밀 내가 앉은 자리가 경미와 정면으로 마주 보는 자리였다. 밥을 먹다 경미와 눈이 마주치는 순간 경미는 사레가 들렸는지 갑자기 기침을 하기 시작했다.

"켁켁켁켁, 콜록콜록, 아이고, 켁켁 켁."

경미 옆에 앉은 유희가 경미 등을 두드려 주다 나와 눈이 마주쳤다.

"대~박!"

유희의 말소리가 나에게도 들릴 만큼 컸다. 대박은 무슨?

"뭐가?"

아이들이 유희의 시선이 와 있는 내 쪽으로 고개를 돌리려 하자 유희가 비아냥거리며 말했다.

"고개 돌리지 마, 얘들아. 괜히 또 꼽 줬다고 할 수 있으니깐. 세라가 순정이랑 미현이랑 같이 밥 먹으러 왔네?"

유희의 말에 아이들의 등이 나를 향해 돌아서려다 멈칫하는 게 느껴졌다.

"헐~, 대박!"

"진짜 대박이다."

"실화냐?"

"그러게."

"그렇게 도도하게 굴더니 결국 어울린다는 게 순정이랑 미현이야? 푸하하!"

상희가 큰 소리로 웃음을 터트리자 주변에 있던 다른 반 아이들까지 쳐다봤다. 순정이와 미현이가 내 얼굴을 살폈다.

"세라야 괜찮아? 다른 반 구역으로 자리 옮길까?"

"아냐, 괜찮아."

괜히 자리까지 옮기면 저 애들이 더 큰 소리로 비웃을 게 뻔했다. 화가 나도 참아야지. 그나저나 순정이와 미현이 애네들은 자존심이라는 게 털끝만큼도 없나? 저렇게 대놓고 무시하는 소리를 하는데도 기분 나쁜 기색 하나 없다.

"미안해, 괜히 나 때문에."

내 말에 순정이는 손사래를 치며 말했다.

"무슨 말이야. 괜찮아. 우린 신경 쓰지 말고 밥 먹어."

수군거리며 밥을 먹던 무리 속에서 경미의 큰 목소리가 튀어나왔다.

"야, 근데 예전에 세라가 말이야. 순정이랑 미현이 쟤네 찌질하다고 하지 않았냐?"

순간, 가슴이 쿵쾅거리면서 숨이 막혔다. 이러다 숨을 못 쉬는 건 아닐까. 휴~, 숨을 크게 내뱉고선 경미를 노려봤다.

"그러게, 배가 어지간히 고팠나 보다. 천하의 기세라가 찌질이들과 같이 밥을 다 먹고."

"뭐 다이어트가 끝났나 보지. 아님 친구 보는 눈이 달라졌든지."

유희와 상희가 비꼬듯 말했다. 저 애들의 마음속에는 꽈배기가 백 개쯤은 들어있을지도 모른다. 저렇게 배배 꼬다가 언젠가는 툭 끊겨버릴 게 분명하다. 아니, 지금 확! 끊겨버려라.

"그래도 교실에 혼자 엎드려 있을 땐 좀 불쌍했는데, 밥이라도 먹으러 오니깐 맘이 좀 편하긴 하다."

나에게 안 들리게 말하려고 애쓰는 아라의 작은 목소리가 들렸다.

"야, 장난해? 쟤는 좀 더 당해봐야 해. 그래야 자기 잘난 맛에 살던 버릇 고치지. 아라 너는 너무 착해빠져서 탈이야. 아, 근데 쟤네 도대체 뭐야? 왜 세라한테 붙어서 밥을 먹어주고 저래? 아~ 놔, 재수 없네."

경미가 발끈하며 말했다.

"천사들 나셨다, 천사들 났어."

상희가 오징어채를 껌처럼 씹으며 뒤를 돌아 우리 쪽을 쳐다보며 말했다.

"아, 뭐야 진짜. 혼자 더 있어야 하는데 김샜네."

수은이가 말했다. 내가 혼자 더 있어야 한다니, 박수은! 너야말로 혼자 있는 시간 꼭 가져봐라. 그렇게 혼자 잘난 척하고 있으니 머지않아 너도 당할걸? 지금 그렇게 큰소리치는 이 순간을 후회하게 될 거야. 부끄럽고 얼굴이 뜨거워 견디지 못할걸? 제발 그러기를 내가 기도할게. 깍두기를 와드득와드득 씹으며 속으로 이런 생각을 하고 있으니 미현이가 말했다.

"세라야, 그냥 듣지 마. 듣지 말고 밥 먹어."

"어? 응, 괜찮아."

전혀 괜찮지 않았다. 괜히 이런 애들을 따라와서 듣지 않아야 할 소리까지 듣고 정말 짜증 난다. 얘네는 도대체 뭘 믿고 이렇게 순진한 거야. 이렇게 순해 빠져서 험한 세상을 어떻게 살려고 이러느냐 말이다. 이 아이들 옆에 있으니깐 내가 정말 못된 아이처럼 느껴져서 싫다.

조용하게 밥을 먹던 경미가 또 목에 핏대를 세우며 말했다.

"맞다, 맞다! 대박 소식 있는데, 이렇게 중요한 걸 깜빡 잊고 있었네!"

다른 테이블에 앉았던 아이들까지 경미를 쳐다봤다. 이 시선들이 부담스러웠는지 경미는 목소리를 낮추는 시늉을 하며 말했다.

"있잖아, 쟤 전학 간대."

도대체 누구한테 들었을까? 오지랖 한번 끝내준다, 유경미.

"진짜?"

"누가 그래?"

"어디서 들은 건데?"

유희와 상희, 수은이가 들뜬 목소리로 묻는 소리가 들렸다. 뚫어지게 노려보고 있는 내 눈을 피한 채 경미는 두 손을 위에서 아래로 내리며 자제하라는 몸짓을 한 후 말을 이었다.

"7반 연정이 있잖아."

그럴 줄 알았다. 연정이 입이 가벼운 건 알았지만 할 말 안 할 말은 가릴 줄 안다고 생각했는데, 아니었구나. 젠장.

"어, 그 눈썹 진하게 그리고 다니는 애?"

"응."

"걔가 쟤랑 연락하나 봐. 근데 쟤가 그랬대, 전학 간다고."

"그래?"

"다행이다."

"그러게."

"진작 갔어야지. 아직까지 버티는 것도 강심장 아니냐?"

나더러 강심장이라니. 나에 관해 노터치하기로 해놓고 저렇게 대놓고 내 얘기 하는 너희들이야말로 강심장이다.

"그러게, 얼굴에 철판 깐 거지."

"근데 언제 간대?"

유희가 물었다.

"몰라. 금방 간다고만 했나 봐."

경미의 말에 수은이가 말하는 소리가 들렸다.

"야~! 그냥 물어봐! 본인한테 물어보는 게 가장 정확하지 않아?"

"그러게."

수은이의 말에 아이들이 모두 깔깔거리며 웃었다. 아무리 지금 상황이 이렇다지만, 저 애들은 악마다. 어떻게 저렇게 대놓고 이런 말을 할까? 한때는 함께했던 친구들이었는데. 아, 난 저 애들을 평생 저주할 테다. 도저히 못 참겠다. 절반도 못 먹은 밥을 국에 넣고, 반찬도 다 국에 털어 넣어 자리에서 일어났다. 갑작스레 일어나니 미현이와 순정이가 깜짝 놀라며 덩달아 일어났다.

"더 먹고 와. 난 괜찮아."

자리에서 일어나서 나오는 순간 아이들이 조용해지면서 나를 쳐다봤다. 걸음걸이가 어색하게 보일까 봐 신경 쓰여 평소에 어떻게 걸었는지 기억나지 않았다. 마치 걸음마를 처음 떼어보는 어린아이처럼 두려움에 젖어 한 걸음씩 내디뎠다.
 떨리는 마음, 상처받은 마음이 걸음걸이로 나타나면 안 되는데. 끝까지 당당해야 하는데. 쓸쓸해 보이면 안 되는데. 그래야만 하는데. 자꾸만 다리가 후들거렸다. 잔반통에 음식물을 버리다 보니 이 음식물이 마치 내 처지 같아서 눈물이 왈칵 쏟아졌다.

16
잘못된 만남
: 상희 :

 2교시 수업 중이었다. 뒷문이 조용히 열리더니 세라가 들어왔다. 담임쌤은 세라에게 어서 오라는 듯한 시선을 보냈다. 담임쌤의 저 시선도 짜증 난다. 왜 세라에게만 친절한지 모르겠다. 우리도 분명히 상처 받고 아팠는데, 세라가 혼자라고 세라 편만 드는 것은 아니지 않나? 애꿎은 책상을 발로 찼다. 쉬는 시간을 알리는 종이 울리자마자 경미가 유희와 수은이, 아라와 함께 내 자리로 왔다.
 "야, 우리 화장실 가자."
 "그래."
 "기세라 오늘 안 와서 전학 간 줄 알았는데 또 오네? 도대체 전학은 언제 가는 거야?"

경미가 짜증 가득한 목소리로 말했다.

"그러게 말이야. 아, 제발 하루라도 빨리 쟤 얼굴 좀 안 봤으면 소원이 없겠다."

수은이도 투덜거렸다.

"경미야, 네 친구가 연정이랑 같은 반이라고 하지 않았어? 연정이한테 좀 물어보라고 해."

내 말에,

"그럼 되겠네!" 하고 수은이가 맞장구쳤다.

"알았어. 한번 알아볼게. 근데 세라 얘, 설마 전학 간다고 해놓고 안 가는 건 아니겠지?"

"설마."

"가겠지."

"그렇겠지?"

"가야지. 안 그래?"

"맞아."

수은이는 뭔가 급한 사람처럼 보였다. 어제 동호가 현지랑 헤어졌다는 소식을 들어서일까? 모르는 사람 빼고 아는 사람은 다 아는데, 수은이와 경미는 자기네가 동호를 좋아하는 걸 다른 애들이 모르는 줄 알고 있다. 코미디가 따로 없다, 남자애 하나 때문에 아등바등하다니. 우습기 짝이 없다. 하기야 그 얼굴과 그 몸매에 남자친구 사귀기도 쉬운 일은 아닐 테고, 그러니 저렇게 짝사랑에 목숨 걸겠지.

수은이는 얼굴이라도 좀 되는데 경미는 정말 심각했다. 동호를 좋아하면서도 좋아하는 티는커녕 오히려 싫어하는 것처럼 으르렁거리고 있는 경미 속은 이미 썩었을지도 모른다. 이런 판국에 동호가 여친이랑 헤어졌다니 수은이와 경미 입장에서는 세라가 빨리 전학 가기를 학수고대할 수밖에.

세라는 요즘 쉬는 시간마다 우아한 척하며 책을 읽고 있다. 인정하긴 싫지만 내가 봐도 가끔은 청순하게 보였다. 하물며 남자애들은 어떨까? 더구나 친구들로부터 뺀 당하고 혼자 있으니 가엾어 보일 테고, 남자의 보호 본능을 일으키기에 더없이 좋은 기회가 될지도 모른다.

그러니 경미와 수은이의 가슴이 얼마나 바싹바싹 타들어 갈까? 세라가 하루라도 빨리 전학을 가야 저 불쌍한 두 친구가 발 뻗고 자게 될 거다. 세라가 전학 간 후에 둘이 으르렁거리는 것도 시간문제겠지만 말이다. 그나저나 혹시라도 동호와 세라가 사귀게 된다면 어떤 일이 벌어질까? 궁금하다, 풋!

그동안 말은 안 했지만 어딜 가거나 이야기할 때마다 경미가 은근슬쩍 나를 빼는 걸 알고 있었다. 깜냥도 안 되면서 나를 견제하는 꼴이라니. 아무래도 한 번 눌러줘야겠다. 기회가 오겠지.

세라가 교실에 있으니 쌤들이 나를 염탐하는 듯한 눈길로 본다. 꼭 범인의 흔적을 뒤쫓는 사냥개 같다. 내가 뭘 어쨌다고 저렇게들 노심초사하나 싶어 우습기 짝이 없다. 애초부터 세라와는 맞지 않았는데 비슷하다고 생각하고 친해진 내 잘못이 크다. 근데 눈치 없이 진드기처럼 달라붙은 세라가 더 문제였다. 이렇게 된 건 어쩌면 운명이었는지도 모른다. 아, 운명은 무슨! 그냥 재수가 없었던 거다.

17

내 딸 세라

: 엄마 :

학교에서 돌아온 세라가 나를 찾았다. 자리에서 일어나기만 하면 어지럽고 귓속이 울리고 온몸의 뼈마디가 쑤셔서 며칠째 누워있었는데, 하나밖에 없는 딸은 엄마가 아픈 걸 아는지 모르는지 왜 만날 누워있냐며 오히려 화를 냈다.

"엄마! 좀 일어나 봐요, 좀!"

"왜 그래? 또."

"아니……."

"아니긴 뭐가 아니야?"

"전학 말이야. 도대체 나 전학 언제 가냐고!"

"휴……."

한숨이 절로 나왔다.

"빨리 전학 보내 달라고. 학교 못 다니겠다고!"

"세라야."

"왜?!"

"엄마가 이렇게 아파서 누워있는데 밥은 드셨냐, 몸은 어떠냐고 묻지도 않고 지금 전학 타령을 해야겠어?"

세라는 대답 대신 내 손을 붙들고 주무르며 말했다.

"아니, 진짜, 엄마. 나 학교 가기 싫다고."

"학교 잘 다니고 있으면서 왜 가기 싫은데? 새로운 친구들이랑 점심도 먹고 그런다면서?"

"악! 엄마! 걔들은 정말. 하~! 어쩔 수 없이 같이 다니는 거고. 엄마가 한번 봐봐. 얼마나 찌질한 애들인데. 말도 안 통하고, 촌스럽고, 진짜 싫어. 그냥 학교 안 갈래."

"세라야, 너를 챙겨주는 애들한테 찌질하다니? 고맙다고 절해도 모자랄 판에. 그렇게 착한 친구들 만났으니 그 친구들하고 잘 지내면서 이 학교에서 졸업하자. 응?"

이번 일을 겪으며 아무래도 세라를 잘못 키웠다는 생각이 많이 들었다. 자기를 도와주는 착한 친구들을 찌질이라고 하는 걸 보니 뭔가 잘못되어도 한참 잘못되었다.

"몰라. 전학 안 시켜주면 나 학교 안 갈 테니 알아서 해요. 밥도 안 먹을 거고 아무것도 안 할 거야."

가슴이 또 벌렁거리기 시작했다. 하나밖에 없는 딸자식이 학교도 안 다니고 집에만 있는 꼴을 어떻게 두고 본단 말인가. 차라리 쫓아냈으면 쫓아냈지, 그 꼴은 못 본다. 온종일 누워있으면서 별의별 생각을 다 했다. 그 아이들을 만나서 맛있는 거라도 사 먹이면서 세라와 다시 친구 좀 해달라고 부탁이라도 할까. 그렇게 하면 아이들 마음이 혹시라도 움직이지 않을까? 아니면 집 앞에서 기다렸다가 따끔하게 혼이라도 내 볼까? 별별 생각들이 다 머릿속을 들락거려 머리가 아팠다.

막상 전학 절차를 밟으려고 하니 생각보다 일이 만만찮았다. 전학 간 새로운 학교에서 친구 문제가 또 생기지 않는다는 보장이 없다는 것 역시 불안했다. 아이를 먼저 키운 친구 말로는 중학생들은 SNS로 다른 지역의 아이들까지도 다 알고 연락도 주고받는다고 했다. 그렇다면 세라가 왜 전학을 왔는지도 금방 알게 될 텐데, 소문났을 때 세라가 잘 버텨낼지도 걱정이었다. 하지만 지금 이대로 버티기가 힘들어 보이니 그게 더 문제다.

어디서부터 잘못되었을까? 생각하면 할수록 발등을 찍고 싶었다. 어려서부터 너무 오냐오냐하고 예쁘다 예쁘다 하면서 키워서 세라가 이렇게 되었을까? 그래서 세라가 다른 친구들의 처지나 감정은 생각하지 않고 자기밖에 모르는 아이로 자란 건 아닐까 하는 생각이 들었다.

하나밖에 없어서 더 아까웠다. 다칠까 봐, 혹시 누구에게 안 좋은 소리라도 들을까 봐, 상처받을까 봐 노심초사하며 항상 끼고 살았다. 좋은 것만 먹이고 좋은 것만 입히고, 좋은 것은 다 해주며 최고로 키우고 싶었다. 하지만 학교에 들어간 이후로는 더 이상 해줄 게 없었다. 친구 관계까지 다 만들어줄 순 없는 일이었다. 마음 같아서는 친구까지 괜찮은 아이들로 골라서 정해주고 관리해주고 싶었지만, 그러면 안 되고 또 그러지 못한다는 것도 알았다. 그런데 이렇게 일이 벌어지다니. 날마다 전학을 보내야 할지 말아야 할지 고민만 깊어가는데, 고민이 깊어가는 만큼 세라의 고집도 단단해졌다.

새벽같이 일어나 세라 아빠 아침을 차려주고 깜빡 잠이 들었나 보다. 핸드폰 벨소리에 눈을 떠보니 10시가 다 되어 있었다. 세라 담임 선생님이셨다.

"여보세요?"

"네, 어머님. 혹시 세라 학교에 갔나요? 아직 안 와서요."

"네? 어머나 선생님, 제가 새벽에 일어났다 잠든 바람에 세라를 못 깨웠네요. 죄송해요. 얼른 깨워서 보낼게요, 선생님. 죄송합니다."

"아, 집에 있는 거죠? 다행이네요. 걱정했거든요. 그럼 얼른 보내주세요, 어머님."

"네, 선생님~."

잠이 덜 깨어 멍한 머리로 정신없이 세라 방으로 들어갔다. 세라는 이미 일어났으면서도 음악을 들으며 휴대폰을 들여다보고 있었다.

"기세라!"

"야! 기세라!"

세라는 귀찮다는 듯이 이어폰을 귀에서 빼며 대답했다.

"귀 안 먹었어."

"너 빨리 학교 안 가? 뭐 하고 있어?"

"학교 안 가."

"왜 안 가?"

"내가 안 간다고 했잖아. 아니, 못 가! 진짜 싫다고. 애들도 다 보기 싫고 소름 끼쳐. 지긋지긋해. 미칠 것 같다고! 전학 안 보내주면 안 갈 거야!"

바락바락 대드는 세라를 보니 다리에 힘이 풀렸다.

"그래, 진짜 전학 가자. 그러니깐 학교 가."

"진짜지?"

"그래."

"약속하지?"

"약속해. 그러니까 얼른 가."

"휴! 진작 말하지. 지금 학교 가면 더 어중간하잖아. 애들이 다 쳐다볼 텐데. 아, 짜증 나."

"잔소리 말고 빨리 가."

"약속하기야! 나 학교에 갔다 오면 전학 갈 학교 정해 놓는 거야."

"그래."

학교에서 돌아오자마자 세라는 학교를 찾았냐고 물었다. 집요하다. 한숨이 절로 나왔다. 세라가 이렇게까지 속을 썩일 줄은 몰랐다. 이래서 자식 일은 남들 앞에서 장담하는 게 아니라고 했던가. 전학 갈 학교는 지금 집에서 두 시간은 가야 하는 곳이라고 말했다. 하지만 세라는 상관없다고 했다. 여기만 아니면 된단다. 자기를 아는 아이들이 없는 곳이면 어디든 그곳이 천국이란다. 어린 것이 얼마나 마음을 다쳤으면 이런 말을 할까 생각하니 또 가슴이 저몄다.

"엄마, 나 진짜 나를 아는 애들이 아무도 없는 곳에서라면 새롭게 시작할 수 있을 것 같아."

세라는 이렇게 말하며 미소 지었다. 일이 터진 이후로 이렇게 예쁘게 웃는 게 오늘이 처음이다.

'그럴까, 세라야? 정말 다시 시작하면 네가 행복해질 수 있을까?'

세라가 행복하길 바라지만 아이를 물가에 내놓은 것처럼 불안하기만 했다. 낯선 곳에서 홀로 잘 생활할지, 좋은 친구들과 좋은 선생님들 만날 수 있을지, 처음 중학교에 입학시켰던 때보다 더 걱정되고 더 불안했다.

다음 날, 세라와 함께 새로 전학 갈 학교에 갔다. 학교는 아담하고 예뻤다. 학교 뒤에 우거진 숲도 그림 같았고 운동장도 넓었다. 학교를 보자마자 맘에 들었는지 세라가 나를 꼭 끌어안았다.

"엄마! 고마워! 진짜 고마워요!"

"근데 너 정말 여기 잘 다닐 수 있겠어?"

"응, 그럼. 신싸 밈에 들어."

"엄마가 아빠 때문에 왔다 갔다 하다 보면 너 혼자 자야 하는 날도 많을 텐데, 안 무섭겠어?"

"무섭긴 뭐가 무서워? 괜찮아. 그러니깐 걱정 마, 엄마."

"너, 혹시라도, 누구한테라도 어디로 전학 간다는 말 하지 마."

"당연하지. 근데 왜?"

"소문이라는 게 금방 돌잖아. 너 친구, 걔 누구였더라? 연…….."

"연정이?"

"그래, 걔가 너 전학 간다고 소문 다 냈다면서."

"응, 걔는 원래 입이 싸. 그런 줄 알고 있었어."

"아무튼 앞으로는 너도 말조심하고 행동 조심하고."

"알겠다고요."

학교 교무실에 가서 교감 선생님, 교무부장 선생님, 담임 선생님, 그리고 마지막엔 교장 선생님까지 만났다. 무슨 전학 한 번 가는데 이렇게 많은 선생님을 만나야 하나 깜짝 놀랐다. 인사를 다 마치고, 이제 지금 다니는 학교에 가서 짐을 빼 와야 했다. 두 번 다시 돌아보기도 싫은 학교지만 어쩌겠나. 교과서도 반납해야 했고, 담임 선생님께 마지막 인사도 해야 하니 가기 싫다는 세라를 타일렀다.

3학년 교무실에 들어가니 담임 선생님이 자리에서 일어나셨다.

"세라야! 어머님, 오셨어요?"

"네."

"지금 바로 가실 건가요?"

"네, 선생님."

"이렇게 갑자기."

"그러게요. 세라 얘가 고집을 부려서 이렇게 되었습니다, 선생님. 그동안 저희 세라 때문에 맘고생 많으셨죠?"

"무슨 말씀을요. 세라가 제일 마음고생 했을 텐데 별 도움도 못 되어서 제가 너무 미안하고 어머님께 죄송해요."

"아닙니다, 선생님. 저도 이번 일 겪으면서 깨달은 게 많았어요. 그동안 감사했습니다."

"세라야, 가서 좋은 친구들 잘 사귀고, 행복하게 잘 지내야 해!"

"네, 선생님. 감사합니다."

담임 선생님의 눈에 눈물이 가득 차 있는 것을 보니 코끝이 찡해지며 눈물이 흘렀다.

"어휴, 제가 눈물이 좀 많아서 주책이네요."

"아니에요, 어머님. 무슨 말씀을요."

"그럼 교실에 가서 세라 소지품 가지고 갈게요."

"같이 가보시도록 해요."

교실 뒷문까지 셋이 걸어가니 아이들이 우르르 몰려왔다. 창밖을 내다보는 아이들, 뒤를 따르는 아이들.

"엄마, 나 교실 들어가기 싫어. 엄마가 가져와요."

"세라야, 쌤이 갖다줄게."

"아니에요, 선생님. 제가 가져올게요. 세라 자리도 좀 볼 겸."

세라와 담임 선생님이 지켜보는 가운데 교실 문을 열었다. 문을 여는 손이 떨렸다. 심장이 두근거리며 빠르게 뛰는 소리가 귀에 들렸다. 우리 딸을 그렇게 괴롭게 만들고도 떳떳하게 고개 들고 다니는 그 아이들 얼굴을 좀 보고 싶었다. 문을 열자마자 세라를 괴롭히던 무리가 누구인지 금세 알 것 같았다. 상희와 함께 모여 서서 날카로운 눈빛을 쏘아대는 아이들 무리, 금방 눈에 띄었다.

세라에게 들어서 알긴 했지만 막상 아이들을 보니 애들이 애들 같지 않았다. 이런 애들 사이에서 얼마나 힘들었을까, 우리 딸. 눈물이 핑 돌았다. 세라의 이름표가 있는 책상 속에서 물건들을 꺼내고, 사물함에서도 물건을 꺼냈다. 내가 짐을 챙기는 동안 교실에 있는 아이들이 모두 숨을 죽인 채 나를 지켜보고 있었다. 이 아이들은 지금 어떤 생각을 하고 있을까?

교실을 나서기 전 그 아이들에게 몇 마디 하고 싶었지만 떨리는 목소리를 들킬까 봐 아무 말도 못 했다. 대신 문을 닫으며 그 아이들을 매섭게 쏘아봤다.

'너희가 한 짓 그대로 돌려받을 거다, 반드시!'

교실을 나온 후에도 여전히 손이 떨렸다. 한번 떨리면 쉬 가라앉지 않는구나. 그런데도 나는 세라에게 버티라고 했구나. 세라의 손을 꽉 쥔 채 선생님께 마지막 인사를 했다. 세라도 내 손을 꽉 잡아주었다. 교문을 나서는 순간 갑자기 세라가 흐느꼈다. 세라의 눈물을 보니 참았던 눈물이 흘렀다. 자식 눈에서 눈물이 흐르니 내 속에선 피눈물이 흐른다.

"엄마! 지금 지긋지긋한 이곳을 떠나는 게 너무 신나고 즐거운데, 진짜 행복한데 왜 눈물이 나는 걸까?"

세라가 눈물을 닦으며 나를 올려다봤다.

"그러게, 세라야. 이제는 우리 세라, 가슴 아픈 일 없었으면 좋겠다. 다음부터는 학교 문을 나설 때 이렇게 우는 일 없었으면 정말 좋겠다."

"엄마, 울지 마. 잘할게. 내가 잘할게요."

"그래, 잘할 거야, 우리 딸."

"미안해, 엄마. 내가 엄마한테 잘못한 것 같아."

"아니야, 세라야. 엄마가 잘못했어. 너를 더 따뜻하게 더 지혜롭게 잘 키웠어야 했는데, 그렇게 크도록 잘 도와줬어야 했는데 엄마가 미안해."

18
결국 전학 간 세라
: 상희, 아라, 수은 :

상희

　5교시가 끝난 쉬는 시간에 내 자리에 모여 신나게 수다를 떨고 있는데 갑자기 뒷문이 열리더니 웬 아줌마가 교실로 들어왔다. 복도에 세라와 담임쌤이 보이는 걸 보니 세라 엄마가 분명했다. 세라 엄마와 눈이 마주치는 순간 나도 모르게 움찔했다. 왜 그랬는지는 나도 모르겠다. 내가 움찔했다는 사실이 자존심 상해서 두 눈을 똑바로 뜨고 세라 엄마의 눈을 계속 쳐다봤다. 눈을 피하면 왠지 나를 비웃을 것 같았다.
　세라 엄마는 나와 경미, 수은, 유희, 아라를 돌아가며 쳐다보더니 책상 속과 사물함에서 세라의 짐을 빼기 시작했다. 아이들이 세라 엄마를 보며 소곤거렸다.

"전학 가나 보다."

"그러게."

하지만 우리는 아무 말도 하지 않았다. 우리를 쳐다보던 세라 엄마의 강렬한 눈빛에 가슴이 서늘했던 건 나뿐이었을까? 6교시를 알리는 종이 울리자 아이들은 자리로 돌아갔다.

선생님이 들어오는 소리가 났지만, 책상에 엎드려 일어나지 않았다. 머릿속에 세라 엄마의 눈빛이 남아 있어 기분이 나빴다. 지우고 싶었다, 깨끗하게. 꿈에서도 계속 나올까 봐 걱정될 만큼 무섭고 싸한 그 눈빛. 쳇, 누군 엄마 없는 줄 아나? 나도 엄마 있다고! 눈을 감고 잠을 청했다. 눈을 감았는데도 그 눈빛은 더욱 강렬하게 떠올랐다.

'너, 우리 세라에게 왜 그랬니?'

자꾸 묻는 것만 같다.

'왜 그러긴? 재수 없었을 뿐이라고. 걔가 먼저 그런 거였어!'

마음속으로 외쳤다.

세라와 함께했던 순간들이 머릿속에 스쳤다. 돈이 없어서 저녁을 건너뛰려고 할 때마다 떡볶이 먹자며 내 손을 이끌고 분식점에 데려갔던 일, 아는 애들이 없어 어색하게 혼자 있을 때 먼저 다가와 주었던 일. 세라 덕분에 경미, 유희, 수은이, 아라와 같이 어울리게 된 일까지. 근데 왜 이렇게 되었을까?

세라네 가족과 마주쳤던 그 장면이 마치 어제 일처럼 생생하게 떠올랐다. 인정하기 싫지만 세라가 부러웠다. 누구는 태어나자마자 모든 걸 아무런 대가도 없이 누리는데, 나는 왜 세상에 혼자 던져진 아이처럼 쓸쓸하게 살아야 하는지 원망스러웠다.

세라의 잘못도 아닌데 세라의 모든 게 맘에 들지 않았다. 나에게 잘하려고 노력하는 모습조차 싫었다. 혹시 나를 동정하고 있는 것은 아닐까 하는 의심 때문에 마음이 자꾸만 꾸불꾸불 꼬였고, 꼬인 마음은 여기저기를 뾰족하게 찔러댔다. 세라와 함께 있으면 내가 더 나쁜 사람이 될까 봐 멀리하고 싶었는지도 모르겠다. 세라가 조금만 덜 갖춘 아이였다면, 그랬다면 진짜 친한 친구가 되었을까?

여기까지 생각이 미치자 머리를 흔들었다.

'이런 거에 맘이 흔들리면 안 돼. 난 잘못한 거 없어. 누가 뭐래도 난 떳떳해.'

아라

세라의 빈자리를 쳐다보았다. 이렇게 될 줄 알았기에 당연한 결과라고 생각했다. 세라를 보는 게 불편해서 하루라도 빨리 세라가 전학 가기만 바랐다. 그런데 막상 세라가 떠나고 보니 편해질 줄 알았던 마음이 오히려 더 무거워졌다. 세라는 지금 무슨 생각을 하면서, 어떤 마음으로 떠나고 있을까? 그동안 얼마나 힘든 시간을 보냈을까?

세라가 친구들 뒷담화를 자주 하긴 했지만 함께 주거니 받거니 했던 게 사실이다. 그런데 왜 세라만 저렇게 되었을까? 말투가 거칠어서? 잘난 척해서? 물론 그것들도 이유가 되겠지만 이 모든 일은 결국 질투 때문에 시작된 게 아닐까? 누구도 드러내놓고 말하진 않았지만 어쩌면 말을 안 한 게 아니라 나처럼 말을 못 하고 있는지도 모른다.

이 모든 일을 겪으며 처음부터 계속 마음이 불편했지만 선뜻 세라 편을 들지 못했다. 세라 편을 든다는 이유로 친구들에게 따돌림을 당할까 봐 두려웠기 때문이다. 당해본 사람은 안다. 그게 얼마나 아프고 힘든 일인지 두 번 다시는 겪고 싶지 않았다.

그런데 세라가 떠나는 모습을 보니 그제야 내가 아직도 멀었다는 생각에 정신이 아뜩했다. 내가 겪어봐서 아픔을 알았다면 세라를 도와줘야 했다. 하지만 화살촉이 나를 향하게 될까 두려워 구경만 하고 동조하면서 마침내 세라를 떠밀어내는 데 일조하고 말았다.

문득 초등학교 때 겪었던 일이 떠올랐다. 혼자되었던 그때 친구들을 얼마나 원망했던가. 누구 한 명이라도 손 내밀어 주기를 그토록 간절히 기대하고 고대했던 날이 또 있었던가. 세상이 온통 캄캄하게만 느껴졌던 숱한 날들, 아침이 오지 않길 기도하며 잠들었던 밤들. 아직도 이렇게 생생한데 왜 세라에게 다가서지 못했을까? 누가, 무엇이 두려웠을까? 너무 세게만 보이는 상희였을까, 말이 많고 거침없는 경미의 입이었을까, 똑똑한 유희였을까, 모든 친구와 다 친하게 보이는 수은이의 친화력이었을까, 아니면 아직도 골방에 숨어서 몰래 울고 있는 나의 어린 모습이었을까. 세라에게 손을 내밀 용기보다 다시 혼자가 될지도 모른다는 두려움이 더 커서였는지도 모른다.

　창밖으로 보이는 세라의 뒷모습이 내 눈물에 겹쳐 세라가 마치 빗물 속에 잠겨 있는 것처럼 보였다.

수은

　선생님 눈치가 보여 이야기는 못 하고 연습장에 글을 써서 경미와 대화를 주고받았다.

　"야, 진짜 속이 시원하지 않아?"

　경미가 먼저 시작했다.

　"응, 나 이제 정말 맘 편하게 잘 거임."

　내 대답에 또 경미가 말했다.

　"근데 세라 엄마 눈빛, 식겁했음."

　"미투. 개 무서웠음."

　"뭐, 우리가 뭘 잘못했다고."

　"그건 그래."

　"세라가 다 먼저 시작했던 거임."

　"맞앙."

　"아까 세라 갈 때 동호 눈빛 봤음?"

　경미가 물었다.

　"왜?"

나는 가슴이 덜컹했다.

"달려 나가서 뭔 말이라도 할 것 같은 눈빛이었음."

"헐, 뭐냐."

"그니깐. 얘, 진짜 세라 좋아했던 거임?"

"설마."

"그거야 아무도 모르지."

"그런가?"

"암튼 세라 전학 가서 천만다행."

"맞아 맞아."

"그럼 이제 경미 너 살 빠지겠네? ㅋㅋ"

"푸하하! 그럴지도. 기대해."

"오키."

"그만! 쌤이 쳐다봤음."

"ㅇ"

청소시간에 우리 반 앞 복도는 다른 반 아이들로 북적거렸다. 제비 떼처럼 몰려와 조잘대더니 담임쌤의 등장에 우르르 사라졌다.

: 에필로그 :

세라가 떠난 후, 경미

❶ 경미, 세라 전학 일주일 후

여느 때처럼 휴대용 선풍기를 얼굴에 갖다 대고 페북을 하면서 교실로 향했다. 그런데 이상했다. 어젯밤에 탐라에 썼던 글에 아무도 '좋아요'를 누르지 않았고 댓글도 없었다. 친구들이 이렇게 반응이 없을 리가 없는데 무슨 일일까? 이상하다고 생각하며 교실 앞문을 확 열어젖혔다.

순간, 이상한 기운을 느꼈다. 아이들이 아무 말도 안 하고 나를 쳐다보다가 다시 고개를 돌리고 숙덕이는 것 같은 느낌.

'뭐지?'

청소함 근처에 있는 유희와 수은이를 보고 소리를 질렀다.
"야! 뭐야! 페북도 안 보고, 페메도 씹고! 니들 핸폰 꺼놨어?"
평소처럼 웃으며 말했는데 친구들은 대답도 하지 않고 뒷문을 통해 밖으로 나가버렸다. 황급히 가방을 책상 위에 던져두고 애들이 갔을 만한 곳을 찾아다녔다. 아니나 다를까 유희와 수은이가 화장실로 들어가는 게 보였다. 이상한 느낌 때문에 바쁜 마음으로 종종거리며 걷는데 내 곁을 스쳐 가던 아이가 말했다.
"어? 쟤가 경미잖아. 세라 국어책 사건."
"진짜?"
"응, 대박이지? 상희가 시켜서 어쩔 수 없이 했다고 거짓말까지 했대. 페북에서 어제 난리 났잖아."
"진짜? 완전 대박! 그나저나 상희는 성격도 좋다. 그걸 어떻게 참았을까? 대단하다."

화장실로 향하던 내 발걸음이 멈추었다. 세상이 멈추었다. 땅도 꺼지고, 시간도 멈추고, 심장도 멈추는 것 같았다. 그리고 그 순간 세라의 얼굴이 떠올랐다. 내가 뺀 시켰던, 아니 우리 다섯 명이 뺀 시켰던 세라의 얼굴이.

❷ 경미, 그리고 10년 후

세라에게.

세라야, 잘 지냈니? 나 경미야. 중3 때 같은 반이었던 경미. 기억하니? 뚱뚱하고 목소리 크고 못생겼던 유경미 말이야. 네가 날 어떤 모습으로 기억하고 있을지 모르지만, 내가 기억하는 내 중학교 시절의 모습은 방금 말했던 대로야.

갑자기 웬 편지인가 싶지? 엊그제 우연히 너를 봤어. 이모 카페에 잠깐 일 도와드리러 갔다가 사원증을 목에 걸고 동료들과 커피를 마시며 화사하게 웃는 네 모습을 봤지. 그때나 지금이나 여전히 너는 밝고 예쁘더라. 다가가서 인사하고 싶었는데 아는 체 하지 못했어. 너와의 마지막이 그리 좋은 기억은 아니었기에 네가 불편할 수도 있겠다는 생각이 드니 머뭇거려지더라고.

사실은, 사과하고 싶었어.

이제 와서 갑자기 무슨 사과냐고 물을지도 모르지만, 그동안 늘 잊지 않고 생각해왔거든. 언젠가 너를 만나면 제대로 된 사과를 하고 싶다고 말이야.

중3 때 네가 전학 간 후 나에게도 많은 일이 있었어. 국어 교과서에 내가 했던 장난 기억하지? 상희가 시켜서 한 거였는데, 내가 해놓고 상희한테 뒤집어씌우려 했다는 소문이 쫙 퍼졌거든. 지금 와서 생각해보면 시킨다고 했던 나도 정말 바보 같았지. 어쨌든 그 소문 때문에 왕따가 되었어.

네가 겪었던 일을 내가 그대로 당하면서 지옥을 경험했어. 지옥이 사후세계인 줄 알았는데, 바로 내 옆에 있더라고. 내 평생 그토록 많은 생각을 했던 적이 없었던 것 같아. 우리가 왜 그토록 너를 싫어했을까, 왜 너를 그렇게 매몰차게 내쳤을까 곰곰이 생각해봤어.

내 마음을 가만히 들여다보니 보이더라. 내 안에 있는 열등감이 너를 질투하게 되면서 벌어졌던 일이라는 것이. 난 한 번도 예쁘다는 말도, 뭘 잘한다는 칭찬도, 심지어 청소 잘한다는 소리 한 번도 들어본 적이 없었어. 근데 너는 그냥 보기만 해도 빛이 나는 아이였어, 네 주변에 있는 아이들까지 환하게 보일 만큼. 그 빛나는 모습에 내가 더 초라하게 여겨졌던 것 같아.

외모도 예쁜데, 집도 부유한 것 같고, 남사친구도 있고, 뭐하나 부족해 보이지 않는 네 앞에서 뭐라도 있어 보이고 싶었는지도 몰라. 근데 막상 있는 건 아무것도 없고. 그래서 선택한 방법이 너에게 흠집을 내고 깎아내려서 나를 드러내고 싶었던 거였나 봐. 다른 사람을 깎아내리면 자신이 더 깎인다는 사실도 모르는 채 말이야. 그것까지 알기엔 내가 너무 어렸던 거지.

혼자되어 교실에서 투명인간같이 지내면서 네가 무척이나 보고 싶었어. 참 염치없지만 사과도 하고, 도움도 받고 싶었거든. 너는

어떻게 그 시간을 꿋꿋하게 버텨냈는지 말이야. 난 매 순간순간 삶을 놓고 싶은 생각 때문에 괴로웠거든.

가장 절망적이었던 순간, 아라가 내 손을 잡아줬어. 기억나지? 조용하고 참하던 아라 말이야. 모두가 나를 피하고 무시하고 괴롭히는 그 상황에서 아라가 어느 날 다가오더라고. 아, 난 정말 그 순간을 잊을 수 없어. 천사가 찾아온 것 같았거든.

그날 우린 많은 얘길 했지. 가장 먼저 네 얘길 했어. 너에게 우리가 얼마나 큰 잘못을 저질렀는지 우린 처음부터 다 알고 있었어. 다만 스스로의 모습을 인정할 수 없었던 거야. 아라도 너에게 손 내밀지 못했던 걸 무척이나 후회하고 있더라고. 그래서 같은 실수를 반복할 순 없었다며 내게 찾아왔던 거야.

참 신기했어. 하루에도 몇 번씩이나 삶의 끝을 생각하던 내가, 한 명의 친구로 인해 다시 시작을 꿈꾸게 된 일이 말이야. 우리는 학교에서 외딴섬처럼 둘만 떨어져서 지냈어. 누가 우리에게 어떤 말을 하든 무슨 짓을 하든 둘이라서 견딜 수 있었어.

그러면서 배웠어. 사람의 가치는 겉에 드러나는 것으로 매겨지는 게 아니라는 사실을. 마음을 어디에 쏟고 무엇을 중요하게 생각하느냐에 따라 삶이 달라진다는 것을 말이야. 우르르 몰려다니며 힘을 과시하거나 진한 화장으로 꾸민 얼굴과 남자친구 자랑으로 자신을 드러내지 않더라도 내가 있는 그대로의 내 모습을 인정하고 사랑하면 충분히 행복할 수 있다는 것을 깨닫게 되었어.

돌이키면 돌이킬수록 나뿐만 아니라 함께 어울렸던 친구들의 어리석었던 모습이 부끄러웠어. 만약 그때, 내가 혼자였더라도 네가 혼자 떠나는 과정을 지켜보기만 했을까? 아라도, 유희도, 수은이도, 상희도 모두가 혼자였어도 너를 그렇게 괴롭힐 수 있었을까?

철부지 여중생이었던 우리는 여럿이 뭉쳐 있으면 뭐든 다 할 수 있다는 어쭙잖은 우월감 비슷한 게 있었던 것 같아. 더불어, 무리를 떠나면 안 된다는 강박감도 크게 자리하고 있었던 거지. 마치 맹수들이 가득한 정글에 던져진 약한 동물들처럼 무리 지어 있지 않으면 금방 죽을지도 모른다는 두려움에 사로잡혀 있었는지도 몰라.

우리는 강했던 게 아니야. 평범한 아이들보다 더 약한 존재들이었던 거지. 그런 생각이 들어. 약했기 때문에 혼자 있기보단 무리를 짓고 싶어 했고, 그 무리에서 떨어지게 될까 전전긍긍했었다고 말이야. 그랬기에 친구가 홀로 던져지는 모습을 보면서도 함께 던져지게 될까 두려워 방관만 했는지도 몰라.

'함께'라는 힘을 좋은 데 썼더라면 얼마나 좋았을까? 생각할수록 나와 친구들의 과거가 부끄러워서 사는 내내 마음이 쓰라렸어.

세라야,
전학 간 후 너는 그동안 어떻게 살았니? 묻고 싶고 나누고 싶은

말이 참 많아. 새로운 곳에서 적응하느라 힘들기도 했겠지만, 그 많은 과정을 겪어나가면서 이렇게 아름다운 모습으로 성장했겠지?

세라야, 많이 늦었지만 진심으로 미안해.
그 시절 그렇게 너에게 모진 말과 행동으로 상처 줬던 일들. 정말 미안해.
용서해줄 수 있겠니?
언제라도 만나서 얼굴 보며 사과하고 싶어.